ゴーストドラム

THE GHOST DRUM

SUSAN PRICE

THE GHOST DRUM

THE GHOST DRUM

スーザン・プライス

金原瑞人　訳

おじ、レオン・スタニスワフ・ヘスの思い出に捧《ささ》げる

もくじ

第一章 冬至《とうじ》の夜

あなたが今いるところから、はるか彼方《かなた》の湖のそばに立っているのは、一本のカシの木。

そのカシの木の幹《みき》に巻《ま》きついているのは一本の金の鎖《くさり》。

その鎖につながれているのは一匹《ぴき》の猫《ねこ》。それも世界中でいちばん物知りの猫。猫がいつもぐるぐる歩きまわっているのは、一本のカシの木のまわり。

あちらにいっては歌い、
こちらにきては語る。

その猫の語る話のひとつが、これ。

これは（と猫は語る）、はるか遠く、皇帝《こうてい》がおさめている国の話。その国では、冷たく暗い冬が一年の半分。

第一章　冬至の夜

雪は深く積もり、いつまでも解《と》けることなく、解けないままに凍《い》てついて氷になる。クマが上を歩いてもびくともしない。凍《こお》った雪の表面の輝《かがや》きは、さながら白い空の白い星！　この国の北の地方では、冬は長い長い一夜。その長い夜の間、空の星は闇《やみ》の中で輝き、雪の星は白さの中で白く輝き、天と地の間には、寒々しい薄《うす》明かりが震《ふる》えながらカーテンのようにたれこめている。

この地方の冬の寒さはすさまじく、空から降《ふ》る雪が砕《くだ》けるような、弾《はじ》けるような音を響《ひび》かせる。雪は深く積もり、どの家も雪になかば埋《う》もれ、凍てついた雪は万力《まんりき》のような力で家を握《にぎ》りしめ、家はかん高い悲鳴をあげる。

この話は（と猫は語る）、この遠くの国の冬至の日に始まる。一年で最も短く、最も暗く、最も寒い昼が終わると、次には最も長く、最も暗く、最も寒い夜が待ちかまえている。この昼とも夜ともつかない、夜とも昼ともつかない日に、ひとりの奴隷《どれい》女が赤《あか》ん坊《ぼう》を生んだ。

その女は夫の家族といっしょに、小さな木の家に住んでいた。家の真ん中にはれんが造《づく》りの大きな箱型のストーブがひとつ。日がな一日、ストーブの火はたきつがれ、その熱はれんがにしみこんでいった。一日中、そして一晩《ひとばん》じゅう、れんがはその熱を家の中にはき出している。

夜になると家族はみんなストーブの上に毛布《もうふ》を広げ、そこで眠《ねむ》る。女は家族といっしょにストーブの上で疲《つか》れた体を温めながら、赤ん坊を抱《だ》いて横になっていた。

家の中で目をさましているのはその女ひとり。夜はますます冷えこんできた。

奴隷女は横になったまま、かすかな音に耳をすましていた。ひびわれたコップのうなりのような音、それはストーブが温かい息を吐《は》き出す音だ。まわりでは、みんなの深い寝息《ねいき》がさざめいている。雪が屋根をかむ音が響いている。

「ああ、わたしが皇帝の娘《むすめ》に生まれていたら！」女はひとりごとをいった。「そうすれば、この子も皇帝の孫娘《まごむすめ》、豊《ゆた》かで暖《あたた》かい世界で無事に暮《く》らせるだろうに……でもわたしは奴隷の娘。この子も奴隷。自分の身さえ自分のものでない女奴隷」

そう思うと、悲しくて涙《なみだ》がこぼれた。「こんなにつらい思いをして、ロバのように苦しみながら、この子を産んだのも、皇帝陛下《へいか》のためにロバを一頭産んだようなもの。陛下の思いのままに、働かされ、けられ、売られるロバ同然。こんなことなら、わたしもこの子も生まれてこないほうがよかった！」

そのとき、何かが家の表の戸を打った。打たれた戸は、低い声をあげた。家の暖かい空気が、屋根の梁《はり》の間で、壁《かべ》のそばで、震えた。女はびくりとしたが、そばで眠っている者たちはだれひとり寝息をみだすこともない。

外で、凍りついた雪がきしり、しゃがれ声がした。「入っていいかね？　ほら、そこの人、どうなんだい……入っていいかい？」

家族の者たちは気づかず、眠ったまま。まるで外で戸をたたいた人間は女の夢《ゆめ》に、女の夢の中にだけいるかのようだ。

また戸が低い音を響かせた。女は大声でいった。「お入りください。よくいらっしゃいました」そういうしかない。雪の中、道に迷《まよ》った旅人が宿をもとめているのかもしれない。

表の戸が開いて、ぴしゃりと閉《し》まる音がした。女は頭をあげて、ストーブの上からそちらに目をやった。いきなり部屋の戸が開いて、背《せ》の高い人影《ひとかげ》がとびこんできた。毛皮の大きな帽子《ぼうし》と長いコートにすっぽり包まれている。コートは綿《わた》をつめたキルトで、風変わりな模様《もよう》の刺繍《ししゅう》がしてある。ビーズで模様を縫《ぬ》いこんだごつい毛皮のブーツに、大きな毛皮の手ぶくろ、肩《かた》には平たい太鼓《たいこ》をかけている。

背の高い、奇妙《きみょう》な人影は部屋を横切ってストーブの上にあがると、若《わか》い母親のそばに座《すわ》った。家族は寝ていて、だれも目をさまさない。旅人が手早く毛皮の帽子を取ると、年老いた女の顔が現《あらわ》れた。しわくちゃの顔は、握《にぎ》りしめた極上《ごくじょう》の古い革《かわ》のようだ。あごのあたりからは細く白いひげがはえている。だが白髪《しらが》からすけてみえる地肌《じはだ》はきれいなピンクだ。この小さく暖かい家の中で、老婆《ろうば》がキルトの分厚《ぶあつ》いコートの前を開けると、革の上着がのぞいていた。上着にはビーズと鳥の羽根飾《かざ》りがついている。老婆は大きな手ぶくろをはずし、若い女にほほえんだ。老婆の口には、黒か茶色の歯がまばらに並《なら》んでいる。

「こんばんは」老婆が声をかけた。「あんたにすばらしい娘が生まれたのを祝うために、はるばる寒い道をやってきたんだよ」

女は赤ん坊をしっかり抱きしめた。この老婆は魔女《まじょ》にちがいない。魔女というのは、こんなふうに夜やってきて、赤ん坊をぬすんで、焼いて食べてしまうのだ。女は家族の者の名を呼《よ》んだ。だれかが目をさまして、この夢から起こしてくれないか、夢でないなら、だれかが目をさまして、この魔女を追《お》い払《はら》ってくれないかと思ったのだ。だがみんな、何もきこえないかのように眠っている。

「娘や娘、こわがることはない」老婆がいった。「おまえやおまえの赤ん坊に悪いことをしにきたわけじゃない。いっておくことがあって、やってきたんだ。おまえが腕《うで》に抱いている赤ん坊が生まれてくるのを、あたしは百年も待っていたんだよ」

女はふと口を開けた。まるで老婆の言葉を味わおうとでもいうように。

この赤ん坊が生まれるのを百年も待ってた？　この子は何者？　未来の聖者《せいじゃ》？　これから百年のちには、たくさんの教会がこの子のために灯《とも》されたろうそくで、照らされることになるのかしら。

「その子をあたしにおくれ。あたしに育てさせておくれ。そうすれば、その子は魔力《まりょく》を持つようになり、皇帝の息子《むすこ》に愛されることになるだろう。もしおまえがその子を手元に置いて育てれば、その子は奴隷になり、奴隷の母親となるだけだ。さあ、あたしにおくれ」

女は赤ん坊を抱きしめて、首をふった。

「ほら、あたしの背中《せなか》にあるのは魔法《まほう》の太鼓だ。わかるだろう。あたしは魔法使いなんだよ。姿《すがた》を変えることもできれば、死者のあとについて死者の国にいくこともできる。あらゆる魔法を心得ている、魔力を持った女だ。このあたしも奴隷に生まれたんだよ。あたしが生まれた夜、母のもとに女の魔法使いがやってきて、どうかこの子をおくれ、といったんだ。あたしはその魔法使いに娘として育ててもらい、三百年という寿命《じゅみょう》をさずかった。そして百年の間、毎日、あたしはこの太鼓をたたいては、霊《れい》たちに、いつ、どこで、娘にすべき赤ん坊が生まれるのかたずねてきた。今日がその日だ。おまえの娘が、その子なんだよ。その子をあたしにおくれ。あたしが育てれば、けっしてひもじい思いをさせることはないし、こごえ死んだり、むごい扱《あつか》いを受けることもない。奴隷にならないですむんだ。その子をあたしにおくれ。そうすれば、自由にしてやれる。魔法の力をさずけてやれる」

涙が母親の頬《ほお》をつたい、首をつたった。「できません。この赤ん坊はわたしのものではないのです。わたしは奴隷です。この子の父親も奴隷です。この子もわたしも夫も、みんなガイドン皇帝のものなのです。もしあなたにこの子をわたせば、わたしも夫も、皇帝の財産《ざいさん》を勝手に人にわたした罪《つみ》で、鞭《むち》で打たれます。

皇帝のものを盗《ぬす》んだかどで、死刑《しけい》になるかもしれないんです」

老婆はストーブからとびおりて、部屋の戸まで駆《か》けていった。戸は、老婆が手をふれるまえに開き、老婆の後ろでばたんと閉《し》まった。表の戸が開き、ばたんと閉まる音がきこえた。母親は闇の中で静かに横たわっていた。涙がこぼれた。あの老婆はいってしまったのだろうか。

ふたたびふたつの戸が次々に開き、次々に閉まった。老婆がもどってきた。手に自分の頭ほどの雪の玉を持っている。そしてストーブの上に腰《こし》をおろすと、雪をもむようにして何か作り始めた。雪は解けない。

老婆はたくましいしわだらけの手を、細く骨《ほね》ばった指をたくみに動かして、雪をこねながら歌った。そのうなるような暖かい声が闇を震わせ、闇の小さなちりがくるくる回りだしたかのようだ。老婆の歌の節は長く尾《お》を引き、屋根の梁と梁の間に吸《す》いこまれていく。若い母親はそれをきいているうちに、気持ちが落ち着いてきた。

老婆は雪で赤ん坊をこしらえた。

「あたしの子どもは、冷たく白い赤ん坊」老婆がいった。「この雪の人形には呪文《じゅもん》を吹《ふ》きこんでおいたから、たとえ火の中に入れても、解けることはない。夏がやってくるまで、解けることはない。あたしがこの子を連れていってしまったら、この雪の赤ん坊を家族にみせて、死んでしまったというがいい。だれも驚《おどろ》きはしない。冬に赤ん坊が死ぬのは珍《めずら》しいことではないからね。みんなは雪の赤ん坊を持っていって埋《う》めるだろう。そうなれば、夏になって解けても、気づく者はない。おまえが罰《ばつ》を受けることもない。奴隷の赤ん坊はきびしい冬の間に死んでしまったのだ。さあ、おまえの赤ん坊をわたして、この雪の赤ん坊を受けとるがいい」

母親は毛布の下から赤ん坊を取り出してはみたものの、まだしっかり抱いたまま、ためらっていた。

老婆は両手で赤ん坊をかかえようとした。「さあ、ききわけるんだ。その子をあたしにおくれ。それとも、奴隷にしてしまうつもりかい？」

母親は手の力をゆるめた。老婆がその子をしっかり自分の胸《むね》におしつけ、厚いコートの前をとめると、赤ん坊はコートにすっぽり包まれた。老婆は冷たい雪の赤ん坊を母親の腕にあずけた。

老婆はストーブの上からとびおりると、毛皮の帽子をかぶり、大きな手ぶくろをはめ、「幸運を祈《いの》っているよ」と威勢《いせい》よく声をかけて、戸のほうに駆けていった。戸がさっと開き、老婆が駆け抜けていった。若い母親は片《かた》ひじをついて体を起こすと、最後に一目だけでも老婆をみようとしたが、そこには閉まった戸があるだけだった。そして表の戸が大きな音を立てて閉まると、あとは外で、凍てついた雪がみしみし声をあげるのがきこえるばかり。

かかえている雪の赤ん坊はぞっとするほど冷たかった。

夜明けまえ、母親はよくわからなくなっていた。自分は、昨夜やってきた老婆に本当に娘をやってしまったのだろうか？　それとも、今かかえている冷たい赤ん坊が、こごえ死んでしまった本当の赤ん坊で、あとはすべて夢だったのだろうか？

わからなくなってしまった母親は、だれにも老婆のことはいわず、はじめての赤ん坊は女の子だったが、生まれてから何時間もしないうちに、冬の夜の寒さのために死んでしまった、とだけいった。だが女はみじめな一生を送りながら、死ぬまで老婆のことを忘《わす》れなかった。そして、どうかあれが夢ではありませんように、と願っていた。

第二章　皇帝《こうてい》の后《きさき》選び

カシの木のまわりを歩いているのは、金色の鎖《くさり》につながれた、博識《はくしき》にして博学《はくがく》の猫《ねこ》。猫は歩きながら語る。奴隷《どれい》女は夢《ゆめ》をみていたのだろうか（と猫はたずねる）、それとも本当に魔法使《まほうつか》いが赤《あか》ん坊《ぼう》を連れていったのだろうか？　もし魔法使いが本当にやってきたのだとしても、魔法使いは本当のことをいったのだろうか。それとも、赤ん坊を連れていって、宴会《えんかい》で焼いて食べてしまったのだろうか。さて、その答えをこれから考えるとしよう（と猫は語る）。だが、それを考えている間に、その国を治めている皇帝のことを話すとしよう。偉大《いだい》にして慈悲深《じひぶか》い、皇帝の中の皇帝、ガイドンのことを。

ガイドン皇帝は、脚《あし》も腕《うで》も細い上に腹《はら》がつき出ている。まるでクモのようだ。皇帝《こうてい》は自分のことを地上の神と呼《よ》んでいる。皇帝の位につくために、兄弟もおじもいとこもすべて殺した。この残虐《ざんぎゃく》非道《ひどう》な男こそ（と猫は声をひそめて）、ガイドン皇帝なのだ。

この皇帝の妹、マーガレッタ姫《ひめ》のことも話そう。マーガレッタは髪《かみ》を青く染《そ》め、決して思ったことを口に出さず、いつも嘘《うそ》ばかり並《なら》べている。兄ガイドンが親族をすべて殺してしまったときはまだ幼《おさな》かったためで、みのがしてもらった。だがガイドンは今になって、そのときマーガレッタを殺してしまわなかったことを後悔《こうかい》している。

さあ、話してきかそう（と猫は語る）、いかにして皇帝がファリーダという女をみつけ、妻《つま》にしたか。それから皇帝の息子《むすこ》の話もしよう。孤独《こどく》で不幸な皇子《おうじ》サファのことも。

さあ（と猫は語る）、始めよう。

ガイドン皇帝の富《とみ》は計ることも数えることもできない。というのも、国にあるものは、すべて皇帝の財産《ざいさん》なのだから。硬貨《こうか》一枚《まい》、宝石《ほうせき》一個《こ》、土くれひとつ、砂粒《すなつぶ》ひとつにいたるまで。そしてあらゆる山、あらゆる丘《おか》、あらゆる盆地《ぼんち》までが皇帝のものだった。

獣《けもの》も一匹《びき》残らず皇帝のもの。野生であれ、家畜《かちく》であれ、生きているものはいうにおよばず、死んだものまでも。花も、芽も、みな皇帝のもの。森、野原、庭、どこに生えていようがすべて。そして植木箱《うえきばこ》に、植木鉢《うえきばち》に、壁《かべ》のわれめに生えているものさえ、すべてが皇帝のものだった。

もし鳥か虫が国境《こっきょう》を越《こ》えて飛んできたら、それも皇帝のもの。

鳥や虫が飛ぶ空の空気も皇帝のものなら、人々の肺《はい》の中の空気も皇帝のもの。

そして国民も、皇帝のものだった。

だが皇帝には妻も子どももいなかった。

第二章　皇帝の后選び

皇帝の椅子《いす》は宮殿《きゅうでん》の中心にある大広間の、高い階段《かいだん》の上にあった。その椅子の背《せ》は広げたクジャクの尾《お》羽根《ばね》のようで、ちりばめられた目のようなエナメルや宝石がきらめいている。皇帝の大臣たちは、その椅子に続く階段の下にはいつくばって、大声でこういうのだった。

「慈悲《じひ》深い皇帝陛下《へいか》、おそれながら、申し上げます」

近衛《このえ》の隊長は、皇帝がうなずくのを待って、階段のいちばん下の段に立ったまま、どんと足を鳴らす。話してもよいという合図だ。

「慈悲深い皇帝陛下」最長老の大臣がいった。「どうぞお願いでございます。后《きさき》をめとられ、お子様をお作りあそばすよう。やがてわれわれの上に立つ皇帝となるべきかたをお作りあそばすよう、心からお願い申し上げます」

これをきいて皇帝は怒《おこ》った。しかし怒《いか》りがおさまると、こういった。「后を選ぶとしよう」

大広間に集まった者たちの中に、妹のマーガレッタがいた。マーガレッタはほほえみながら、まえに進み出た。青いサファイアをちりばめた青い絹《きぬ》のドレスを着たマーガレッタはこういった。「兄君《あにぎみ》がお后をめとられるとうかがい、これ以上の喜びはございません。せんえつながら、お幸せなご結婚《けっこん》と、兄君のお膝《ひざ》にのるべきお子様たちが五人、十人とお生まれあそばすことを心からお祈《いの》りいたします」廷臣《ていしん》たちはみな礼儀《れいぎ》正しく、このマーガレッタの言葉に拍手《はくしゅ》をしたものの、だれひとりその言葉を信じる者はなかった。マーガレッタは、ガイドン亡《な》きあと、その跡《あと》をつぐつもりでいる。そんなことはだれでも知っている。もし皇帝に子どもができれば、マーガレッタにとっては、その子どもを殺す手間がふえるだけだ。

そのくらいのことはだれもが知っていた。だがマーガレッタは短いながらも、礼儀正しく喜びの言葉をのべ、あたかも本気であるかのような顔をしている。そして廷臣たちも廷臣たちで、拍手をし、その言葉を信じているふりをしている。これが宮殿のやりかただった。

それはともかく（と猫は語る）、こうして后選びが始まった。

大きな町から小さな村まで、大きな家にも小さな家にも、国中のいたるところに、おふれが飛んだ。

「十二歳《さい》以上の、夫のいない女はひとり残らず、この月の終わりまでに、都にでむくこと。皇帝陛下がお后をお選びになることになった。ガイドン陛下万歳《ばんざい》！」

そのおふれは国中を悲しみのうずに巻《ま》きこんだ。未婚《みこん》の娘《むすめ》を持つ親で不安にかられない者はなく、未婚の姉や妹を持つ者で恐怖《きょうふ》におびえない者はなかった。皇帝の后……なんとおぞましい。皇帝というのは残《ざん》酷《こく》な君主で、皇帝の身内というのはそれに輪をかけて残酷、というのが世のつね。后に選ばれた者が、いつまで生きていられるだろう。毒殺されるか、絞《し》め殺《ころ》されるか、刺《さ》し殺されるか。それも皇帝の妹によって。

のろのろ進む馬車に乗り、ぼろぼろの古着に身を包み、髪を短く不ぞろいに刈《か》って、国中の未婚の女が故郷《こきょう》を離《はな》れた。あらゆる地方から、都をめざして。家族の者たちは女の運命をなげき、どうか皇帝に好かれませんように、と神に祈《いの》った。

都では何百人もの大工が腕をふるって家を建てていた。皇帝が后を選ぶ間、女たちの暮《く》らす家だ。何百人もの家具作りの職人《しょくにん》が、家にそなえるベッドや椅子や衣装箱《いしょうばこ》を作った。何千人ものお針子《はりこ》が毛《もう》布《ふ》やシーツやカーテンやドレスを縫《ぬ》った。

食料が山ほど大きな調理場に運びこまれ、そこでは何百人ものコックが、何百ものかまどにむかって、女たちに出す料理を作った。大樽《おおだる》に何杯《なんばい》もの水が運んでこられ、その水で女たちが洗濯《せんたく》をしているうちに、川の水が枯《か》れた、という報告《ほうこく》が入ってきた。

役人たちがアリの大群《たいぐん》のようにやってきて、女たちの名前と出身地を書きとめていった。

何千、何万もの女がやってきた。貴族《きぞく》から奴隷にいたるまで、夫をなくした女もいれば、年老いた女も中年の女も若《わか》い女もいたし、ほんの小娘《こむすめ》までまじっていた。

一カ月がたち、新しく作られた家はひとつ残らず女でいっぱいになり、役人たちは家から家へととびまわっては、女を観察して、質問《しつもん》をした。皇帝にみせるまでもなく送り返す女を決めるのが役目だった。役人たちもよく心得ていた。皇帝は、美しいだけでなく、賢《かしこ》い女が好きなのだ。そこで役人たちは女たちに試験をした。最初はやさしい試験から始まった。

女たちはわざとおろかな答えをして、知恵《ちえ》を隠《かく》そうとするので、それをみぬくのはむずかしかった。しかし皇帝が待ちかねている。女を選びわけるのに、いつまでも手間どっているわけにはいかない。

次の日、何百人もの女が送り返された。失望の涙《なみだ》を流した女は数えるほどしかおらず、ほとんどの者はほっとして感謝《かんしゃ》の涙を流した。この女たちは家族のもとにもどり、后になるよりずっと幸せに暮らした。

残った女たちは、さらにむずかしい質問に答え、さらに厳《きび》しい試験を課された。后になるための試験だ。さらに多くの女が送り返された。そして試験はさらにさらにむずかしいものになった。役人たちは頭を悩《なや》ませ、議論《ぎろん》を重ね、苦労のすえに残す女を選び、また百人が送り返され、さらに百人が送り返され、それからさらに百人が送り返され、ついに后選びのために都にやってきた何千という女の中から、ひとり残った。それは若い奴隷女で、南の地方からやってきていた。背が高く、黒い髪に黒い目、肌《はだ》は褐色《かっしょく》で、美しく、賢かった……が、おろかなふりができるほど賢くはなかった。名をファリーダといった。

ファリーダは粗末《そまつ》なみすぼらしい家で生まれた。家といっても板の壁でかこっただけで、床《ゆか》もない。そのファリーダが、后になることになった。町ひとつぶんほどもある宮殿の后に。町にたとえれば、宮殿の廊下《ろうか》は屋根のついた通りで、階段は丘。宮殿の部屋は、ひとつひとつが練兵場か市場ほどの大きさで、部屋の中では、噴水《ふんすい》の水が大理石の水盤《すいばん》に降《ふ》りそそいでいたが、その水盤ひとつが泉《いずみ》ほどの大きさだった。

宮殿の中は暗い。外で昼の太陽が輝《かがや》いているときでさえ、暗かった。というのは、窓《まど》にはガラスの代わりに、薄《うす》く磨《みが》きあげられた雲母《うんも》の板がはめこまれているからだ。雲母の板には、皇帝家の紋章《もんしょう》であるワシとクマ、聖《せい》なる金の王冠《おうかん》、花の咲《さ》き乱《みだ》れる命の木が描《えが》かれている。

ファリーダは長い廊下をみてまわった。ろうそくに照らされた薄暗《うすくら》がりから、金の王冠を通してうっすらと日のさしこむ金色をおびた薄暗がりへ、そしてエメラルド色の薄暗がりへ。その色はどんな森の緑よりも深い緑だった。それからワシの群青《ぐんじょう》と真紅《しんく》の薄暗がりへと歩いていった。この廊下の息苦しい闇《やみ》よりさらに耐《た》えがたいのは、静けさだった。番兵も召《め》し使《つか》いも、だれひとり口をきく者はいない。話は禁《きん》じられているのだ。そのうえ厚《あつ》い絨毯《じゅうたん》が足音まで飲みこんでしまう。これが皇帝、地上の神の住む所だった。特別な許《ゆる》しなしでしゃべることのできるのは、皇帝ひとり。召し使いも番兵も、わずかな物音を立てただけで、鞭《むち》打たれた。はるか昔から続いてきた宮殿のこの沈黙《ちんもく》は、なんとも恐《おそ》ろしいものだった。

ファリーダにとっては、何もかもが目新しかった。新しい着物を与《あた》えられ、それまでとはちがう作法を教えこまれ、自分の名前を使うことはかたく禁じられた。結婚式《けっこんしき》のまえの日、ファリーダは都の教会に連れていかれ、二度目の洗礼《せんれい》を受けた。そのとき、おまえは生まれ変わった、もはや奴隷のファリーダではなく、カトリーナであり、国中から選ばれたガイドン皇帝陛下の后なのだといわれた。

最もファリーダにしてみれば、自分は相変わらずファリーダのままだったのだが。

ファリーダと呼ばれていたカトリーナはガイドン皇帝と結婚し、頭に冠をいただいた。祝宴《しゅくえん》は三日続いた。国中の貴族すべてが一堂に会し、后に忠誠《ちゅうせい》を誓《ちか》った。皇帝の妹マーガレッタは青い絹に身を包み、青いダイヤモンドと青いサファイアをあしらい、髪を青く染《そ》めなおして現《あらわ》れると、兄嫁《あによめ》にたいして忠誠のみならず愛も誓った。その心のこもった言葉をきき、誠のこもった顔をみた者はひとり残らず確信《かくしん》した。マーガレッタは后を殺すつもりでいて、すでにその計画を練っている。

数えきれない人が后をあわれんだ。だれひとり、后が生きながらえるなどとは思いもしなかった。だが何週間かがすぎ、さらに何週間かがすぎ、数カ月がすぎていったが、后は生きていた。そして皇帝は后を愛してさえいるようだった。少なくとも楽しそうに后に話しかけ、けったりすることはほとんどなかった。そのうえ后が何を好み、何を嫌《きら》うかといったことにも気を配り、果物や花や美しい布地《ぬのじ》が届《とど》けられると、后のところに持っていかせるのだった。

皇帝の妹マーガレッタでさえ、皇帝の好意に気づき、后を殺す計画を一時中止したくらいだ。

やがて侍医《じい》が皇帝のもとにやってきて、后がみごもっていることを告げた。男の子であれ、女の子であれ、七カ月後にはガイドン皇帝の世継《よつ》ぎが生まれるということだ。

ガイドンは世継ぎを作るために結婚をしたのだが、いざ世継ぎが生まれるとなると、不安にかられ、二日の間、后のもとを訪《おとず》れなかった。皇帝は家来に命令して、予言者《よげんしゃ》や占《うらな》い師《し》を呼びにやり、新しく生まれる子どもがどうなるか、どのような運命をたどるかを占わせた。

予言者も占い師も皇帝同様、未来のことなどわかるはずがない。もちろん、占えると思った者も何人かはいた。その者たちは外に出て、星の動きを読んだり、骨《ほね》を投げたり、砂をまいたり、なんなりして、占ってみた。

ほかの者たちは宮殿の物置に極秘《ごくひ》に集まり、皇帝にどう答えれば、無難《ぶなん》でうまくいくか話し合った。

皇帝はどういう言葉をききたがっているのか。ろうそくが一本灯《とも》っているだけの、顔もみえない暗がりの中で、意見が交《か》わされた。

「自分と同じくらい偉大《いだい》になる、といってほしいのだろうか?」

「まさか!」

「陛下よりも偉大におなりになると、いわなくてはならんだろう」

「ちがう、ちがう! 陛下よりも偉大になることはない、といわなくてはならん。父親というものは、そういってほしいものなのだ」

「そんなことがあるものか。父親というものは、子どもが自分を越《こ》えることを望むものだ」

「もし陛下ほど偉大になることはないといったら、首をはねられるかもしれんぞ。陛下の御子《みこ》をできそこないと呼んだかどでな」

「もし陛下よりも偉大になるといっても、首をはねられるかもしれんではないか。陛下を侮辱《ぶじょく》したかどでな」

「どう答えればいいのだ」集まった者たちはたがいにたずねあった。

「御子は幼くしてお亡《な》くなりになります、といおう」

「もし亡くなられなかったら、どうする？　陛下がわれわれの予言をお忘《わす》れになることはあるまい」

「それに、もし幼くしてお亡くなりになったら、どうする？　陛下は、われわれが呪《のろ》いをかけて殺したとお考えになるかもしれん」

　そのうちわかってきたのは、どう答えようと、皇帝が満足することはないということだった。何人かは話し合いから抜《ぬ》けて荷物をまとめ、夜の明けないうちに逃《に》げだした。残った者たちはなんとかベッドにもどり、いつ皇帝からお呼びがかかるかとひやひやしながらも、もしかしたら予想したほど悪いことにはならないかもしれないと思っていた。

　皇帝の前に呼び出されたとき、予言者や占い師たちはみるもあわれなありさまだった。ひとりずつ、玉《ぎょく》座《ざ》の階段の下までふらふらと歩いていき、はいつくばって顔を床にこすりつけ、話す許しをこうた。そして許しがおりると、皇帝の喜びそうなことを並べたてた。だれひとり顔をあげて皇帝をみる者はいない。その多くは、いおうと思っていたことを最後の瞬間《しゅんかん》に変えてしまった。御子は姫君《ひめぎみ》でございましょう……皇子でございましょう。偉大な皇帝におなりあそばします。偉大な女帝《じょてい》におなりあそばします。じきに病でお亡くなりになるでしょう。百年間、国をお治めになることでございましょう。

　予言者たちの言葉が続くにつれ、ガイドン皇帝の表情《ひょうじょう》がさめていった。これをみて、居並《いなら》ぶ者たちは恐れおののき、最後の数人などは、かすれ声ひとつでないありさまで、玉座に続く階段の下にはだれもいなくなってしまった。

　その空っぽになった場所に、妹マーガレッタが両手に羊皮紙の巻物《まきもの》をかかえて現れると、兄の顔をみつめながら口を開いた。

「皇帝にして兄君であられる偉大なるガイドン陛下、わたしはこの何年か、星占《ほしうらな》いに、天の星の読み方に、なみなみならぬ興味《きょうみ》をいだいてまいりました。そして占星術《せんせいじゅつ》に関するすぐれた書物を研究し、星を占う術《すべ》にかけては、ここにいるおろか者どもが足元にもおよばぬくらい、ひいでていると信じております」マーガレッタは手に持った巻物を高くかかげた。「これからお生まれになる御子の占星図を作ってみました。未完成であることはいうまでもありません。御子がお生まれになれば、さらに正確《せいかく》なものを作ることができましょう。が、それはともかく、今のところは、これが最も信頼《しんらい》のおけるもの。せんえつではございますが、この占星図について、ご説明させていただきとうございます。どうか、お許しを、陛下」

ガイドン皇帝はうなずいた。

マーガレッタは巻物を広げ、じっくりながめた。「兄君、お生まれになるのは皇子、男のお子様でございます。間違《まちが》いございません。皇子は后の一族の美と勇気と知恵を受《う》け継《つ》ぐことでございましょう。簡単《かんたん》に申せば、偉大なる人物におなりあそばすということ。そして、国民からも愛されることでしょう」

大広間にいた者はひとり残らず皇帝の顔をうかがった。皇帝の顔は青ざめ、恐怖が刻《きざ》みこまれている。

マーガレッタが続けた。「皇子は才能《さいのう》あるがゆえに野心に燃《も》え、玉座をわが物にせんと、兄君の命をねらおうとすることでございましょう。しかしそうしたとて、皇子を裁《さば》いてむごい罰《ばつ》を与えようとする者はほとんどいないはず。兄君は憎悪《ぞうお》の的に、皇子は敬愛《けいあい》の的になるでしょうから。こんなことを申し上げるのはまことに心が痛《いた》むのでございますが、星の運行は、そう告げております。そして兄君は、真実を何よりも重んぜられる方」

皇帝の信頼の最もあつい廷臣も、最も勇気のある兵士も、どうしてマーガレッタがこのような思い切ったことを口にできたのかわからなかった。

長いこと、皇帝は口がきけなかった。そして口を開いたとき、その声は、体の中でふくれあがった恐怖と怒りの中をすりぬけるようにして出てきた。皇帝はかすれたささやきのような声で――部屋にいた者すべてにきこえはしたが――こういった。「殺せ。そこにいる者どもを殺せ。占い師も予言者もすべて殺せ。ひとり残らず首を……はねい！」

　ぐるりと壁にそって立っていた兵士が、占い師と予言者をひとつに集め、扉《とびら》から扉へと引き立てていった。占い師たちは歩きながら、しゃべってはならないという決まりを破《やぶ》って、大声で許しをこい、いいわけをしたが、助かる道はない。いちばん近くの中庭で、全員が首をはねられてしまった。

「マーガレッタ、親愛なる妹」皇帝がいった。「おまえのみが、わしに真実を語ってくれた。わしは何よりも真実が好きだ。妹よ、ほうびを取らせよう」

　真実をいえば、皇帝の妹であるマーガレッタも、ほかの占い師同様、占いなどできはしなかった。ただ、皇帝の恐れていることを知っていただけだ。

　皇帝はそれまで一度たりとも妹を信用したことなどなかったし、妹の言葉を信じたこともなかったのだが、今度だけは妹の言葉を信じた。というのも、最も恐れていたことをいわれたからだった。

「偉大なる皇帝にして、親愛なる兄、ガイドン陛下」マーガレッタはほほえんだ。「わたしは、兄君のお役に立てたことで、すでにごほうびをいただいたも同然でございます」皇帝が今の話をきいたからには、后も、まだ生まれていない子どもも、部下に殺させてしまうことは間違いない。それこそ、何よりのほうびだ。

だが皇帝は后を殺させなかった。皇帝のやりかたというものは、ときとして普通《ふつう》の人間の理解《りかい》を超《こ》えていることがある。
宮殿の中のいちばん高い塔《とう》のてっぺんに、美しい七宝《しっぽう》の丸天井《まるてんじょう》があった。皇帝はその丸天井の下に小さな部屋を作らせ、背の低いテーブルと厚いクッションを置かせた。ファリーダと呼ばれていたカトリーナは、その部屋に連れていかれて、閉《と》じこめられたのだ。おつきの者はただひとり。マリエンという名の奴隷女だった。

番兵たちがその塔の入り口にも、階段にも、小さな部屋の扉の前にも置かれた。皇帝の下した命令は、后も奴隷女も決して部屋をでることはならず、だれも中に入ってはならない、というものだった。

皇帝の妹マーガレッタは后をたずねたが、兵士たちが通そうとしなかった。マーガレッタは毒を盛《も》った贈《おく》り物《もの》をさし入れようとしたが、兵士たちは届けようとしなかったし、食事に毒を盛るのもむだだった。皇帝と后に出される食べ物はすべて奴隷たちが毒見をすることになっていたのだ。その奴隷というのは、毒をききわけることができるように特別に訓練されていた。どんな香料《こうりょう》を混《ま》ぜようと、どんなに酢《す》をきかせようと、どんなに甘《あま》くしようと、その奴隷たちの舌《した》をごまかすことはできない。后は夫以外のだれからも害をこうむることはなく、まだ生まれていない赤ん坊も、父親以外のだれからも害をこうむることはなかった。

塔のいちばん上にある七宝の小部屋の中で、后は悲しい日々を送りながら、結婚などしなければよかった、と後悔していた。おつきの奴隷女マリエンは、后の気持ちを引き立てようと、子どもが生まれたらうれしくてたまらなくなりますよ、などといったが、后はこう答えるのだった。「うれしいわけがないわ。夫は残酷な男で、わたしに腹を立てているし、夫の妹はわたしを憎《にく》んでいて、できることならわたしも子どもも殺してしまおうと思っている。これから先、どんな幸せが望めるというの？　死んでしまうのがいちばんいい。わたしも子どもも、いっしょにね」

「まあ、なんてことをいうの」年上のマリエンがいった。「ファリーダったら、物事のいい面をみるようにしなくちゃ」

マリエンもファリーダも田舎《いなか》育ちで、同じ奴隷に生まれついていたので、新しい名前や新しい称号《しょうごう》などどうでもよく、たがいに親からもらった名前で呼びあっていた。

ファリーダは長いこと黙《だま》って座《すわ》りこみ、自分と子どもにとって、これから先幸せに暮らす手立てはないものかと考えていた。皇帝のことが憎くてたまらず、これから生まれるのは皇帝の子ではなくて、自分だけの子だと考えていた。

もし子どもが生まれたら、なんとかこの塔から逃げだして、宮殿から故郷まで、人も住まないような所を通ってもどろう。どちらにいけばいいのかもわからないが、道をさがそう。そして故郷に帰ったら、家族みんなといっしょにほかの国に逃《に》げて、ガイドン皇帝の手の届かない所にいってしまえばいい。わたしの赤ん坊も連れていく。この子は、祖父《そふ》や祖母《そぼ》やおじやおば、そしてこの母親の愛に包まれて育つだろう。そうすれば、残酷な父親のことなど、何も知らないですむ。

それがファリーダの計画だった。そしてその計画は、実際《じっさい》に子どもが生まれてきても変わらなかった。子どもは男の子だった。マリエンはその子を産着《うぶぎ》にくるみ、金と象牙《ぞうげ》でできたゆりかごに寝《ね》かせた。「ちょっと休ませてちょうだい」ファリーダがいった。「ひと休みしてから、この子を国に連れて帰りましょう」

だがファリーダは横になったまま熱を出し、三日もたたないうちに死んでしまった。そこでマリエンが、その子にサファという名をつけた。

ガイドン皇帝は妻が死んだことも、子ができたことも知らずにいた。だれひとり、そのことを皇帝に告げる勇気のある者はいなかった。

その知らせは兵士から兵士へと伝わり、塔の階段をおりていき、兵士から奴隷へ、奴隷から貴族へ、それから僧侶《そうりょ》へと伝わり、皇帝の妹マーガレッタに伝わった。宮殿の中で、それを知らないのは皇帝ひとりだった。

廷臣たちは、いたるところでマーガレッタを目で追っていた。マーガレッタが皇帝にそれを告げるだろうと思っていたのだ。

だが抜け目《ぬめ》のないマーガレッタは、そんなことはひとことも口にしなかった。

いっぽうファリーダの遺骸《いがい》は、最も高い塔のいちばん上の丸天井の部屋の中で、ベッドに寝かされたままになっていた。マリエンは赤ん坊のために、着物やミルクやおもちゃを手に入れなくてはならなかった。

そこで兵士にたのんでみた。兵士たちはそれぞれの妻や母親や姉妹にたのんだ。だがやがてマリエンは考えた。「ばかばかしい。ファリーダは埋葬《まいそう》してやらなくちゃならないし、サファだって大きくなれば、また新しい着物がいるようになるわ」

マリエンはひとりの兵士に、部屋に入って赤ん坊をみていてくれるようにたのんだ。それから、らせん階段をぐるぐるまわり、兵士の前を次々に通りすぎながらおりていき、下に着くと小隊長に会いたいといった。

小隊長はマリエンを中隊長のところにやり、中隊長は大隊長のところへやり、大隊長は皇帝の侍従《じじゅう》のところへやった。侍従は宮殿の中のすべての奴隷をとりしきっていた。

「どうか、皇帝陛下のもとにいき、お后様がお亡くなりになったので埋葬くださいますよう、そして御子《ご》息《そく》がお生まれになりましたので、必要な物を届けてくださるよう、お伝えください」マリエンは小隊長や中隊長や大隊長にたのんだのと同じようにたのんだ。

侍従はたのまれたことを実行するかわりに、皇帝の大臣の中でいちばん偉い人のところにマリエンを連れていった。「皇帝陛下は、お后様の死と御子息のご誕生《たんじょう》をごぞんじないのですか?」マリエンがたずねた。大臣はマリエンを、皇帝の妹マーガレッタの部屋に連れていった。マリエンはマーガレッタにも同じことをたずねた。

マーガレッタはやさしくほほえんだ。「わたしが偉大なる兄君のところに案内してあげましょう。兄君に申し上げる栄誉《えいよ》をおまえに与えましょう」マーガレッタはそういうと椅子から腰《こし》をあげ、先に立って、宝石のような色の薄《うす》い闇がたちこめる静かな廊下を歩いていった。

奴隷たちが扉を開けてふたりを通し、また扉を閉《し》めた。両開きの扉が開くたびに、ふたりが入っていく部屋は前の部屋よりも大きく美しくあでやかになり、使われている金箔《きんぱく》の量も増《ふ》え、ついにふたりは皇帝の住まいに到着《とうちゃく》した。大きな部屋がいくつも並び、皇帝はそこにいると、まるで大聖堂《だいせいどう》にいるノミのようにみえた。マーガレッタはほほえみながら、マリエンを残していった。しらせをきけば、皇帝は激怒《げきど》するにちがいないと思ったのだ。死んだ后も生まれたばかりの赤ん坊もマリエンも、同じ墓《はか》に埋《う》めてしまえと命令を下すにちがいない。

かたわらに聖書《せいしょ》を置いて、ベッドに横になっていた皇帝は、マリエンのほうを向いて、口を開くのを待った。

マリエンはここにきたことを心の底からくやんでいた。これから口にする言葉は自分のみならず、自分が世話をすることになったあの赤ん坊まで、死に追いやることになるかもしれない。

どんなふうに申し上げればいいのだろう？　どんな言葉で語れば、皇帝はやさしい気持ちになってくれるだろう？　マリエンは床にひざまずき、頭をたれて、できるかぎり小さくなった。「われらの父にして、われらすべての守《まも》り手であられる皇帝陛下」マリエンは声をはりあげた。「どうぞ、このような身で陛下のお耳をけがす無礼をお許しください。お后様について悲しいおしらせがございます。お后様はお亡くなりになられました」

皇帝は口をつぐんだままだった。マリエンは皇帝の顔をみることができなかった。

「われらの父にして、親愛なる皇帝陛下、お腹立《はらだ》ちなきよう……わたしがここにやってまいりましたのは、お后様のご葬儀《そうぎ》をとり行うよう、ご命令くださいますようお願いするためでございます」

絨毯の上にひれふし、その毛先に鼻をこすりつけるようにして、マリエンは皇帝の言葉に耳を傾《かたむ》けた。

「后の葬儀をとり行え。后の墓を建てよ。小さな墓でよい、だがその上に国の教会を建てることにする。そして一日もおこたることなく、昼といわず夜といわず、教会をろうそくの光でみたすように。后をまつるろうそくの光でな。一千人の僧侶を集め、后の魂《たましい》のために、たえることなく祈《いの》るよう、とりはからえ」

なんとも奇妙《きみょう》なことだ、とマリエンは思った。小さな丸天井の部屋に何カ月も閉じこめた女のために、そのような大仰《おおぎょう》なことをするとは。

「皇帝陛下」マリエンが絨毯に鼻をおしつけたままいった。「どうかお許しを。もうひとつおしらせがございます。お后様はお亡くなりになるまえに、元気なお子様をお生みになられました。どうぞお願いでございます、そのお子様のために必要なものを、わたしがとりそろえることをお許しくださいますよう。皇帝陛下、どうか、どうか、ご自身の御子にいつくしみのお気持ちを」

「その子は」皇帝の声が飛んだ。「男の子か、それとも女の子か?」

皇帝はなんのつもりで、このような質問をするのだろう? あわれなマリエンの頭の中をその疑問が駆《か》けめぐった。皇帝は、男の子だったら怒り、女の子だったら喜ぶのだろうか? それとも男の子だったら喜び、女の子だったら怒るのだろうか? 男の子であろうが女の子であろうが、父親の死後、国を治めることはありうるし、男の子であろうが女の子であろうが、権力《けんりょく》を手にしようと父親を殺すことはあるだろう。

マリエンは体を震《ふる》わせ、額《ひたい》を絨毯に打ちつけ、やわらかく豪華《ごうか》な絨毯を流れる涙でぬらした。皇帝の質問に答えることができず、ただこう叫《さけ》んだ。「どうかご慈悲を、陛下。どうかご慈悲を、どうか、どうかご慈悲を」

皇帝は番兵の隊長を呼びにやった。その声をきいて、マリエンはぴたりと泣きやんだ。近衛隊長が入ってきた。ひと振《ふ》りで首をはねることができる長く重い剣《けん》を下げている。皇帝は隊長にむかっていった。「この女を塔に連れもどせ。この者は皇帝家の乳母《うば》である。必要なものはすべて与えるように。そして后の遺骸を礼拝堂《れいはいどう》に運び、弔《とむらい》いの鐘《かね》を鳴らせ」

隊長は敬礼《けいれい》をしてから、マリエンの腕をつかんで立ちあがらせた。マリエンは全身が震えて、立っていることさえおぼつかなかった。そして一歩、皇帝の部屋からでたとたんに、薄暗い廊下に膝をつき、両手で顔をおおって、神に感謝をささげた。そして鼓動《こどう》がいつもの速さにおさまり、脚に力が入るようになるまで待った。

　マリエンがやっとのことで丸天井の部屋にもどると、すでに后の遺体《いたい》は運び去られたあとだった。皇帝の命によって鳴らされた鐘の音《ね》が、石造《いしづく》りの鐘楼《しょうろう》の壁をゆるがし、天をゆさぶった。鐘は悲しみをこめ、すさまじい音で后の死をつげている。

「ああ、ファリーダ、あんたが今どこにいるかは知らないが、安心おし」マリエンが声に出していった。「あんたの息子の命はたすかった。あたしが皇帝のところにいったんだ。だれひとりいってくれようとしないもんだからね。このあたしが、この子の命を救ったんだよ」

　マリエンは部屋の中でとびはね、自分を抱《だ》きしめ、ゆりかごのまわりでおどった。それほどうれしく、誇《ほこ》らしい気持ちだった。マリエンは部屋の扉を開け、兵士たちにむかって自慢《じまん》した。この自分が皇帝のもとにいき、じきじきに男の赤ん坊が生まれたことを告げ、赤ん坊に必要な物をととのえ、亡《な》くなった后を弔うように申し上げたのだ、と自慢した。「よくやったな、マリエン」兵士たちは口々にいった。「おれたちの中には、そんなことができる者などひとりもいやしない」すぐに兵士たちの手から手を伝って、皇帝家の乳母のために手のこんだ料理が、そして皇子のために上等のミルクが、塔の上に運ばれてきた。それからきれいなやわらかい着物と、おもちゃも。

　ファリーダと呼ばれていた后カトリーナの遺骸は、赤い絹の死に装束《しょうぞく》に包まれた。絹のいたるところに金や赤い宝石が縫《ぬ》いこまれている。ファリーダは宮殿の中の礼拝堂に横たわり、火のともされたろうそくでまわりをかこまれている。その光のせいで、冷たい顔から冷たい足にいたるまで輝いてみえる。

皇帝が自ら埋葬の場所を決め、墓の上に美しい教会を建てるために、大勢《おおぜい》の建築家《けんちくか》や石工や彫刻家《ちょうこくか》が仕事にかかった。さらにべつの彫刻家たちが墓の細工にとりかかり、后が天国で天使にかこまれているところを彫《ほ》りこんだ。墓はそのあと金箔でおおわれることになっている。

国中から作曲家や音楽家が連れてこられ、后の教会でしか演奏《えんそう》されることのない曲を作ったり演奏したりした。絵描《えか》きたちが、后の生涯《しょうがい》を教会の壁に描《えが》こうと、いさんでやってきた……が、これはむずかしかった。后の生涯といっても、都にくるまえのことはもちろん、都にきてからのこともわかっていなかったからだ。なにしろ、あの小さな丸天井の中でほとんどをすごしたのだ。

皇帝が計画した新しい教会を建てている最中に、妹のマーガレッタがやってきた。「皇帝陛下、兄君は死者をなげくあまり、生きている者のことをお忘れになっていらっしゃいます。あのあわれな后と兄君の間にお生まれになった御子は、生きているのです……赤ん坊をごらんになられましたか」マーガレッタは、生まれた子が、自分のでたらめな予言通り、男の子だったことを知っていた。知らないのは皇帝ばかりだ。皇帝がこのことを知れば、不安にかられてきっとその子を殺してしまうだろう。そうマーガレッタは考えたのだ。

「ああ、今は亡きかわいそうなお義姉《ねえ》様もきっと……神よ、どうぞお義姉様の魂をみもとにお召しくださいますよう……兄君に御子をひと目みていただきたいと思ったことでしょうに」

それをきいて皇帝は、塔のらせん階段をぐるぐる回りながら、何人もの兵士の前を通って七宝の丸天井の小さな部屋にむかった。兵士たちが敬礼のたびにあげる腕がまるで波のように、下から上へ伝わっていく。そして階段をのぼりきったところにいた兵士が声をはりあげた。「ガイドン皇帝陛下のご到着！」兵士が部屋の扉をいきおいよく開けた。

赤ん坊のサファは裸《はだか》のままで、マリエンの膝に抱《だ》かれていた。マリエンはそれまで皇帝に願いをきき届《とど》けてもらって得意な気持ちではちきれんばかりだったが、皇帝のふいの訪問に驚《おどろ》いた。口もきけず、椅子からすべりおりて、ひざまずく。皇帝がやってきたのは赤ん坊を殺すためとしか考えられない。マリエンは皇帝から守ろうとするかのように、赤ん坊をしっかり抱きしめた。口もきけないくらいおびえているマリエンにすれば、なんとも勇敢《ゆうかん》な行いというべきだろう。

皇帝はかがみこんで、マリエンから赤ん坊を取りあげた。

マリエンはかぼそい悲鳴をあげて、顔をおおった。赤ん坊が殺されるところをみるまいと思ったのだ。

皇帝は、赤ん坊が男の子であることを知った。

皇帝は息子をマリエンに返すと、背をむけて、番兵の隊長にいった。「昼も夜も、この部屋を見張《みは》れ。この子をこの部屋から一歩も外に出してはならん。死ぬまでな」

いったいこの子はいつまで生きていられるのだろう、と隊長は考えた。「一歩もでございますか」

「一歩もだ」皇帝はそういいおいて部屋を去った。兵士たちが次々にあげる腕の波が、皇帝とともに下に伝わっていった。皇帝がこの部屋をたずねたのは、あとにも先にも、これきりだった。

なぜ息子をひと思いに絞め殺してしまわなかったのか、その理由を知る者はひとりもいない。そのほうが、部屋に閉じこめるよりずっと簡単《かんたん》なはずだ。国民から息子殺しと呼ばれるのを嫌《きら》ったのだろうか。

しかし皇帝の考えというものは、いつの世でも理解しがたいものだ。

今はまだ幼いサファ皇子もいずれ、理解しがたい皇帝におなりあそばすだろうと国民はいいあった。

第三章　三つの魔法《まほう》

カシの木のまわりをぐるぐる歩きまわり、幹《みき》に金の鎖《くさり》を巻《ま》きつけながら語るのは一匹《ぴき》の猫《ねこ》。あの魔法使《まほうつか》いをおぼえているだろうか（と猫がたずねる）、奴隷《どれい》女のもとに現《あらわ》れて、赤《あか》ん坊《ぼう》を連れていった魔法使いを。あの子はいったい、どうなったのだろう。それを、さあ、これから話そう。

あの冬至《とうじ》の夜のことをおぼえているだろうか。雪までが凍《い》てついて、かたくなった表面に氷の星がきらめいていたあの夜のことを。年老いた女の魔法使いが奴隷の赤ん坊を分厚《ぶあつ》いコートにくるみこんで、家から駆《か》けだしていったあの夜のことを。あの夜、雪の中にもう一軒《けん》の家が二本の脚《あし》で立っていた。それもニワトリの脚で。それは小さな家で、粗末《そまつ》な小屋のようなものだったが、窓《まど》が二重になっているうえに戸も二重になっていて、ストーブの熱を逃《に》がさないようにできていた。壁《かべ》も厚く、屋根には松のこけら板がはってある。老婆《ろうば》が雪の上を駆けてやってくると、家はニワトリの脚をまげて、地面に戸を近づけた。二重の戸が開き老婆が入ると、戸はひとつずつ大きな音をたてて閉《し》まった。

ニワトリの脚がもとのようにのびて、家を持ちあげた。脚が動き始める。最初は足踏《あしぶ》みをするように、爪《つめ》の先でかたい雪の表面をひっかいた。凍《こお》った雪が砕《くだ》けちる音が響《ひび》く。それから二本の脚は二、三度、素《す》早《ばや》くとびあがるような動きをみせたかと思うと、はねるように駆けだした。

雪の上を、小さな家はニワトリの脚で走っていった。すぐに、いくつかある窓がろうそくの光で明るくなった。その暖《あたた》かそうな火が上下にゆれながら遠ざかっていくのが、冷たく輝《かがや》く薄明《うすあか》りの中に、いつまでもみえていた。しかし、やがてそれも、はるか彼方《かなた》に小さな点となり、消えていった。小さな家の去ったあとに残ったのは、大きなニワトリの足跡《あしあと》だけだが、それも降《ふ》りしきる雪におおわれてしまった。翌朝《よくあさ》には小さな家も、奴隷の赤ん坊を連れていった老婆も、跡形《あとかた》なく消え去っていた。

魔法使いの家はとびはねるようにして、その国を、長いニワトリの脚で駆けていき、ついに人里を千キロ以上も離《はな》れたところにやってきた。そこには雪におおわれた広大な平原以外何もない。暗い空には星がきらめき、白い大地には雪星がきらめいている。長い旅をしてきた風だけが音を立てて、小さな家の角を曲がっていく。

ニワトリの脚にのった家には一間の小さな部屋があるだけだったが、魔法使いとその弟子《でし》が暮《く》らすには十分な広さだった。

いつも口を開けてあるストーブが、部屋の大部分をしめている。魔法使いは気をつけて、しきりにまきや松ぼっくりをくべていたので、いつも勢《いきお》いよく炎《ほのお》があがり、部屋が寒くなることはなかったし、家が空《くう》腹《ふく》で倒《たお》れることもなかった。

テーブルがひとつと丸椅子《いす》がいくつか、それからたくわえをしまっておく大きな箱がひとつ。壁にかかっているのは、彫刻《ちょうこく》がほどこされてよくみがかれたリュート、鈴《すず》や太鼓《たいこ》や笛、それから竪琴《たてごと》やハープなど、様々な楽器。

魔法使いはその気になれば、いくらでもぜいたくな暮《く》らしをすることができたが、二百五十年まえに奴隷として生まれた者としては、気取った派手《はで》な暮らしをして両親の思い出をけがすつもりはなかった。

魔法使いは、赤ん坊を育てるのにむだな時間をかけることはしない。老婆も食事をすませると、火にまきをくべ、壁から太鼓を取ると、赤ん坊を抱《だ》いてストーブの上にあがった。

それからあぐらをかいて座《すわ》り、組んだ足の間に赤ん坊をのせ、小さな平たい太鼓を片手《かたて》に持ち、ぴんとはった革《かわ》を骨《ほね》でたたき始めた。とびはねるような軽快《けいかい》なリズムで、その合間合間に老婆の叫《さけ》び声《ごえ》と呼《よ》びかけがまざった。

歌について説明するのは簡単《かんたん》だが、歌うのはむずかしい。それに老婆の歌は長く、丸一年はかかるものだった。途中《とちゅう》で何度も歌をやめて、食べたり飲んだりしなくてはならない。それに赤ん坊を膝《ひざ》からおろさなくてはならない。というのも、歌のせいで赤ん坊がどんどん大きくなっていくからだ。

最初のうちはまだいい。歌のはじめの一節は、赤ん坊が生まれて最初の年におぼえることすべてがこめられている。歌でもって、老婆は赤ん坊の腕《うで》や脚に、長くなれ、たくましくなれと呼びかけ、頭や胴体《どうたい》に大きくなれと呼びかけた。もちろん、全体のつりあいがとれるようにする。

拍子《ひょうし》は生き生きとして、くずれてはならないし、歌に間違《まちが》いがあってはならない。

次の一節は、二年目と三年目に学ぶことすべてがこめられている。そして、育て、育てという呼びかけがそえられている。老婆は幼《おさな》い娘《むすめ》を膝からおろして毛布《もうふ》にくるむと、ストーブの上に寝《ね》かせた。

次から次へ、歌は続く。長い長い節が続き、長い長い歌が続く。そして一年がすぎ、歌は終わった。老婆の家のストーブの上には、毛布にくるまったよちよち歩きの赤ん坊ではなく、二十歳《はたち》の娘が夢《ゆめ》をみながら眠《ねむ》っている。

老婆は太鼓と笛をわきに置くと、ストーブからおりた。そしてテーブルの上にミルクの入った水差しと、バターの鉢《はち》と、塩の鉢と、ピクルスの鉢を置いた。

それに黒パンとニシンの皿、血をまぜて作ったプディングにソーセージをそえた皿、かたくてしょっぱいクラッカーの皿、そしてやわらかいチーズの皿をならべ、リンゴと、長いこと貯蔵《ちょぞう》しておいたしわだらけの甘《あま》いオレンジを山盛《やまも》りにし、玉ネギ、卵《たまご》、酢《す》づけの黒いクルミ、リンゴケーキ、スモモで香《かお》りをつけたウォッカ、それにレモン――簡単にいうと、老婆がためておいた、あらゆる食べ物と飲み物の入った皿や鉢や、水差しや瓶《びん》が、所せましと並《なら》んだ。テーブルの端《はし》のコップや皿は半分つき出した格好《かっこう》でなんとかのっているというありさまだ。こんなにたくさん用意したのは、この一年間、奴隷の赤ん坊（もう一人前《いちにんまえ》の女だが）は、魔法以外には何も食べていなかったからだ。目覚めるときには、一年分の食欲《しょくよく》があるはずだ。

娘は老婆に起こされると、ストーブからおりてきた。みるからにやせていて、腕も脚も小枝《こえだ》のようで、顔は骨《ほね》ばっていてみられたものではない。娘はテーブルにむかって座ると、食べ始めた。最初の三日間、娘はひたすら食べ続け、飲み続けた。次々にパンをほおばり、チーズをかじり、ピクルスをつめこみ、ウォッカを飲んだ。魚をつつき、またつつき、オレンジを食べ、ソーセージをかじり――娘の口はとまることがなく、娘の目はたえずきょろきょろとテーブルの上をいきいきしていた。次から次へと食べ物をつかむ手は、いっときも休まずに動いている。

老婆は娘のしたいようにさせておいて、自分の仕事をしていた。そして四日目、空腹《くうふく》がやわらぎ、娘の顔はまだきつい感じがあったが、骨ばってみにくい顔ではなくなった。老婆がテーブルの横にやってきた。あたり一面に、パンくずと、クルミの殻《から》と、リンゴの芯《しん》と、魚の骨がちらばっている。

「もっと食べたければ、いくらでも出してあげるよ。名前はなんというんだい？」

「チンギス」娘が答えた。

老婆はうなずき、また娘をしたいようにさせておいた。娘はテーブルの上の鉢や瓶の底に残っていたものをすっかりたいらげた。

次の日、魔法使いの老婆は弟子にいった。「チンギス、あたしはおまえに山ほど教えることがあり、おまえは学ぶことが山ほどある。あたしはこの世を去るまえに、おまえを一人前の魔法使いにしたててあげるつもりだ。いいかいチンギス、ようく学び、力を自分のものにするんだよ。ようく学べば、おまえに三百年の命を与《あた》えよう」

「何を学ぶのです？」

「まず最初に、薬草の使える医者になることを学ぶ。つまり、いやす心を持った植物と殺す心を持った植物をおぼえる。それから、ひとつの植物がそのふたつの心を持っていることが多いということもおぼえなくちゃいけない。ほんの一年もあれば十分。おまえが、あたしの思ったとおり、賢《かしこ》い娘で、注意深くあたしの言葉に耳を傾《かたむ》けるならね」

チンギスと老婆は、ニワトリの脚を持つ家で、国の端から端まで旅をしてまわり、ほかの家に住んでいるほかの魔法使いたちを訪《おとず》れ、浜辺《はまべ》や森や山や荒野《こうや》の植物を集めた。ふたりはさまざまな植物の話をした。形、香り、生える土地、使い方。こうしてチンギスは驚《おどろ》くほどの知識《ちしき》を頭にたくわえていったので、頭がどんどん大きくなっていくような感じがするほどだった。

ふたりはほかのことも話した。

「チンギス、眠っていたとき、どんな気持ちだったね？　目がさめていて、どこかほかの所にいるような気がしなかったかい？」老婆はもらい子にたずねた。

「そうなの！」チンギスがいった。「オオカミに雪を食べさせてやっているんだとばかり思ってた。だから雪の冷たさを感じてたし、オオカミが鼻を手にこすりつけてくるのも感じた。でもわたしはずっと、ストーブの上で眠っていたのね。オオカミもいなかったし、雪もなかったのね？」

「いやいや、そうじゃない。いいかいチンギス、オオカミはいたし、雪もあったんだ。眠っていたのは体だけで、おまえの心は小ネズミのように口から抜《ぬ》け出《だ》して、ほかの世界に逃《に》げていっていたんだ。その世界で、おまえはオオカミに雪を食べさせてやっていたんだよ」

「眠っている間に、いろんな場所をみたの」

「眠るということは、死ぬということ。この世界で死ぬと、われわれの中で生きている心が目をさまして、さ迷《まよ》いでるんだ。心がさ迷う世界は何十万とある、この世界に似《に》た世界もあれば、似ていない世界もある。おまえはそういった世界を知る必要がある。そこへいく道と、そこからもどる道を知らなくちゃいけない。こわがることはない。夢がどんなに恐《おそ》ろしいものであろうと、決して、決してこわがることはない。それはただほかの世界にすぎないし、勇敢《ゆうかん》な心がとらわれることもない。心というものは、傷《きず》つけられることも、殺されることもない。またもとの体にもどっていくんだからね。死の世界にだって踏《ふ》みこむことができる。そう、死んだ者がいく世界、これから生まれる者が待っている世界にだってね。そしてその世界をくまなく知りつくし、そこに続くあらゆる道を、そこからもどるあらゆる道をきわめて、はじめておまえは一人前の魔法使いになれる。だがひとつだけいっておこう――耳をすまして、ようくおきき！　いいかい、死の世界では、何も飲んだり食べたりしてはいけない。飲み物ひと口、食べ物ひとかけら、口にしてはいけない。もしそんなことをすれば、この世界のことを忘《わす》れ、ほかの世界へもどる道を忘れてしまう。そして死者として永遠《えいえん》に死者の世界をさ迷うことになってしまうからね」

「でも、おばあさま、どうすれば、それが死の世界だということがわかるの」チンギスがたずねた。

「そりゃあ、わかるとも。入り口に門がある。背《せ》の高い大きな門がね。奇妙《きみょう》なちょうつがいがついていて、おせばどの方向にも開くようになっているんだ。もし夢でそんな門の前に立つことがあったら、入ってみるがいい。堂々とね。こわがることなんかない。昔のことわざにもあるよ。『その扉《とびら》から中に入ろうとする者は勇気を持て。恐怖《きょうふ》はうちに置いていけ』ってね。だけど、さっきいったことだけは忘れちゃいけない。さあ、四百五十のいやしの草の名がいえるかい？」

長い長い夜が明けるまでかかって、チンギスは四百五十の名すべてをいい、それぞれの説明をした。

「よくできたね」老婆がいった。「じゃあ、氷のリンゴのことを説明できるかい？」

「氷のリンゴ？　おぼえてません」

「それは、あたしがまだ話してないからさ」老婆が笑いながらいった。「氷のリンゴのなる木はとても珍《めずら》しい。

はるか北、ほかには何も育たないところに生えている。極北の地は、夏の間、闇《やみ》を知らない。氷のリンゴの木は夏、白く、かれんな花をつける。白い昼にむかって、白い夜にむかって花びらを広げる。そう、一瞬《いっしゅん》たりとも日がかげることはない。だがその木が実をつけるのは冬、毎日、毎日、真昼も真夜中も闇にとざされる極北の冬だ。実は大きくなり熟《う》れて――つみとられる。一瞬たりとも、暖かさや日の光を知ることなくね。氷のリンゴは、まるですみきった水が凍ったかのように、どこまでもどこまでも透《す》き通《とお》っている」

「いやす力があるの?」チンギスがたずねた。

「氷のリンゴを食べた者は、決して病気になることがない。食べた者の心臓《しんぞう》そのものを凍らしてしまうからね。いってみれば冬を食べるようなものだ。ところで、さあ、毒になる草の名を片《かた》っぱしからいってごらん」

チンギスはすべておぼえていた。一年もたたないうちに、薬草について知らないことはなくなっていた。ふたりが出会った魔法使いたちは、ガチョウの脚やネコの脚で駆けまわる家に住んでいたが、だれもが、自分たちの弟子もチンギスみたいに飲みこみがよければいいのに、といったものだ。

「これでおぼえることが終わったなどと思ってはいけない」老婆がいった。「いよいよたいへんなのは、これからだ。三つの魔法をおぼえなくてはならないんだからね。最初の魔法は、言葉の魔法だ。そのうち、いたるところに言葉の魔法が使われているのが、ききわけられるようになるだろう。市場、皇帝《こうてい》の宮殿《きゅうでん》、家の火のそば。幼い子どもさえ、言葉でいたずらをする。おまえは言葉の魔法の使い方を、すべておぼえなくてはならない」

「それって、どんなもの?」

「たとえば、皇帝や女帝《じょてい》が国民に戦うよう命令したとしよう。それも、戦ってはならないようなおろかな戦いをね。くだらない理由のために何千もの人が死に、残された家族は悲しみにくれる。たくさんのお金が大砲《たいほう》や剣《けん》を作るのについやされ、ほかのものに、もっといいことのために使うお金がなくなってしまう。そう、人々を養《やしな》う麦になる種麦を買ったりするお金がなくなってしまう。何千もの人々が寒い思いをし、ひもじい思いをする。戦争のためにね。皇帝は恐れる。国民が、この戦争がいかにおろかで、いかにむだなものか気づいたら、怒《おこ》って刃向《はむ》かってくるかもしれない。そこで皇帝は言葉の魔法を使う。国民にこんなことをいう。『この戦いは決しておろかしいものではなかった。それどころか、この戦いのおかげで、わが国民は世界で最も勇敢ですぐれていることが証明《しょうめい》された。彼《かれ》らはわしのために死に、あまたの敵《てき》を打《う》ち倒《たお》した。おまえたちが飢《う》えていることは百も承知《しょうち》だ。だが、それこそおまえたちが気高い心の持ち主であることの証《あかし》なのだ。おまえたちは母国のためであれば、自らを犠牲《ぎせい》にしてもよいとさえ考えてくれている。わしは、おまえたちのことを誇《ほこ》りに思うぞ！』皇帝はこういい、それを何度もくりかえし、召《め》し使《つか》いたちに、会う人ごとにこれをくりかえすようにと命令する。こうして言葉の魔法が働き始める。人々は怒《いか》りを忘れ、息子《むすこ》や兄弟が殺されるのを喜び、自分たちが寒くひもじい思いをするのを誇《ほこ》らしく感じるようになる。これは最も単純《たんじゅん》な言葉の魔法だが、とても強力だ。いいかいチンギス、本当にすごい力を持っているんだよ。言葉は、目を、耳を、鼻を、舌《した》を、肌《はだ》をあざむくことができる。だから、その魔法をみがけば逆《ぎゃく》に、言葉はわれわれの五感をとぎすまし、われわれを下等な魔法から守ってくれる。チンギス、おまえはこういったことをすべて学ばなくてはならない。とはいえ、たとえ三百年生きていても、言葉の魔法をひとつ残らずおぼえることはできない」

チンギスは言葉をおぼえ始めた。言葉の響き、使い方、言葉の与える驚《おどろ》きと痛《いた》みと安らぎ。チンギスは老婆といっしょに、祭りにいったり、市場にいったり、寺院にいったり、裁判所《さいばんしょ》にいったり、結婚式《けっこんしき》にいったり、葬式《そうしき》にいったりして、飛びかう言葉をきいてまわった。

チンギスは簡単な言葉の魔法はすぐにおぼえて、人に何かを信じこませることができるようになった。そして嘘《うそ》のにおいがわかるようになり、嘘つきの舌の下に隠《かく》れている真実をききわけることができるようになった。そういったことを学ぶと今度はまた、ほかの魔法の勉強が始まった。それは文字の魔法だった。

老婆は箱から一冊《さつ》の本を取り出して開き、チンギスの前に置いた。そのページには、黒い線で模様《もよう》のようなものが書かれていた。

老婆は壁から大きくて平たい太鼓、ゴーストドラムをとると、それを本のわきに置いた。太鼓にはった革の真ん中には、獣《けもの》の頭蓋骨《ずがいこつ》が描《えが》かれていて、そのまわりを何重にも、赤や黒で描かれた獣や記号や模様がとりかこんでいる。

「文字というのも、よくある魔法のひとつだ」老婆がいった。「これを学ぶにはまず、読み方をおぼえて、こういった印が本から何を語りかけているのかが、わかるようにならなくちゃいけない。これが文字の魔法の最も簡単なやつだが、あなどっちゃいけない。とても強い力を持っているからね。いいかいチンギス、この本が読めるようになると、二千年もまえに死んだ魔法使いが、おまえに語りかけてくるようになるんだ。魔法のことをろくに知らない者たちでさえ毎日、本を開いて死者の言葉に耳を傾ける。そうして死者から教えてもらううちに、死んだ者たちがいとおしくなってきて、まるで生きているかのように思えてくる。それはそれは強い魔法なんだ」

「その太鼓は何、おばあさま?」チンギスがたずねた。

「ゴーストドラムという、まじないの太鼓だよ。ほら、この革にはいろんな文字が書かれているだろう。その本に書かれている文字は言葉にすることができるが、この太鼓に書かれている文字は決して言葉にすることができない。この太鼓に描かれている記号はまじないにたけた魔法使いにしか使えないんだ。これがあれば、読みとることも——書きとめることもできる。時の動きも、魚の考えていることも、人々の心をいきさする気持ちも、言葉で語られなくても、わかるようになるんだ。たたくと、この太鼓はここに書かれている文字を響かせ、心の言葉で語ってくれる。この文字の書かれた太鼓があれば、過去《かこ》や未来を読むことができる。この文字を使って、石に呪文《じゅもん》を刻《きざ》み、それを波の下、深い海に投げこめば、その文字と石があるかぎり、呪文が破《やぶ》れることはない」

「文字をおぼえるのはたいへんそう」チンギスがいった。

「もちろん、たいへんだ。だがこの魔法も、一生学び続けなくてはならないんだよ」老婆がいった。

チンギスはさっそくとりかかり、一年のうちに、その本で簡単な読み書きをおぼえた。

ゴーストドラムに書かれている文字はとてもむずかしくて、なかなかおぼえられるものではなかったが、チンギスは、忍耐《にんたい》と時間がありさえすれば、おぼえられないものなど何もないことを知っていた。少しずつ、チンギスは銀のカバの木に書かれた黒い模様、つまりまじない師《し》や霊《れい》たちの書いた文字を読むことができるようになった。風や水が刻んだとしかみえない岩の筋《すじ》に、伝言やまじないや祝福を読みとることができるようになり、こんな呪文を作ったり書いたりしてみたいと、強く思った。

呪文を書くのは弟子のすることではなかったので、老婆はチンギスに、ゴーストドラムに問いかける方法を教えた。ハツカネズミやハタネズミやイタチなどの小動物のきゃしゃな頭蓋骨を、太鼓の真ん中に描かれた頭蓋骨の上に置き、質問《しつもん》をしてから、指の先で太鼓を規則《きそく》正しくたたいてやる。その振動《しんどう》で、頭蓋骨は太鼓の上をあちこち、はねたり、すべったり、走ったりする。ひとつの文字にちょっととまってみたり、ほかの文字のまわりをまわったり、一直線にすべっていくつかの文字をつなげてみたり。

太鼓をたたく者は目を皿のようにして、その動きを追う。頭蓋骨は言葉をつづるわけではないが、その一文字一文字に意味があるのだ。次の文字が前の文字の意味を変えることもある。

長くかかることもあれば、短くてすむこともあるが、そのうち頭蓋骨はひとつの文字の上にとまったまま、太鼓をたたいても動かなくなる。そのとき、太鼓をたたいた者が頭蓋骨の動きを何ひとつみのがさず、頭蓋骨がふれた文字の意味を理解《りかい》し、それを正確《せいかく》に普通《ふつう》の言葉に移《うつ》しかえていれば、太鼓にたずねた質問の答えがえられるのだ。

やがて老婆がいった。「言葉の魔法と文字の魔法については、これ以上教えることはない。これからは、自分で学ぶがいい。だが最後に、もうひとつの魔法を教えるとしよう。すべての魔法の中で最も強力で、最も偉大《いだい》な魔法だ」老婆は壁からリュートをとった。それは首が長く、中空の胴《どう》は曲がった木でできていてよくみがかれている。老婆はリュートをチンギスの膝の上に置いた。

チンギスが弦《げん》をはじくと、小波のような音が、真珠《しんじゅ》でかこまれた丸い口を通って、胴から流れてきた。

「この世に、音楽の力を知らない者はない」老婆がいった。「村のバイオリン弾《ひ》きが、踊《おど》りの曲を弾けば、だれでも力がわいてくる。一日中働いた者でもそうだ。音楽は荒《あ》れ狂《くる》う心をやわらげ、人を涙《なみだ》させることさえできるんだよ。音楽には、言葉も文字もいらない。音楽とは、人の心の中に住む、心の言葉なんだ。

心は一瞬にして理解する。それもすべてを。だが、バイオリン弾きが毎日毎日、練習に明《あ》け暮《く》れていることを忘れてはならない。だからおまえも、いっしょうけんめい練習して、時間をかけてわざをみがき、すばらしい演奏《えんそう》ができるようにならなくてはいけない、いいね。バイオリン弾きの音楽は人の心に安らぎをもたらすことができるが、おまえの音楽は人の体までもいやすことができるようになるだろう。バイオリン弾きの音楽は悲しみをもたらすことができるが、おまえの音楽は悲しみや絶望《ぜつぼう》や死をもたらすことさえできるようになる。ふつうの音楽は笑いと踊りをもたらすことができるが、おまえの音楽は人を狂喜《きょうき》させることも狂乱《きょうらん》させることも、物の形を変えることさえ、できるようになる……そして魔法使いがその音楽に言葉をのせれば、心を持つ者すべてを意のままにできる。魔法使いがこのふたつの強力な魔法をあわせ使うとき、それを耳にした者はだれひとり、魔法使いの意志《いし》にさからうことはできなくなってしまう」

いうはやすく、行うはかたい。ものごとというのは、いつもそうだ。たとえば、一分あれば、こんなふうにいってのけることもできる――チンギスはすべての魔法を完璧《かんぺき》に学んだので、老婆から、おまえはもう弟子ではなく立派《りっぱ》な魔法使いだといわれた。チンギスの心は一千もの世界をいききし、死者の世界の門を一千回もくぐった。チンギスはこの広大な忘却《ぼうきゃく》の世界の、あらゆる場所とあらゆる音を知りつくし、腹をすかせて自分の体にもどり、老婆のもとにもどってきて、真の魔法使いと呼《よ》ばれるまでになった――しかし、チンギスがこれらをすべてやりとげるには、何年もかかった。

だが、これはすばらしいことだった。世界中のあらゆるところから、アヒルの脚や、クマの脚や、ロバの脚にのった家がやってきた。魔法使いやその弟子たちをのせてきたのだ。すばらしい弟子を育てた老婆に、お祝いをいいにやってきたのだった。どの町からも、どの村からも遠く離《はな》れ、雪におおわれた、どこともつかない平原に、たくさんの家が集まり、魔法使いたちがつどって、チンギスを抱《だ》きしめ、もてなし、大喜びで自分たちの一員としてむかえた。チンギスは魔法使いの中でも偉大な者になるよう運命づけられていると思われていた。

だがひとりだけ、チンギスが一人前の魔法使いになるのを喜ばない魔法使いがいた。クズマという男で、はるか北に住んでいて、一度もそこを離れたことがない。クズマは、熟《じゅく》した氷のリンゴをつみとる男だった。クズマはいつもひとりで、さびしく思うこともよくあったが、極北の地を離れようとはしなかった。そのかわりに太鼓と真鍮《しんちゅう》の鏡を使って、世界のほかのところをこっそりのぞいていた。そして彼方の凍てつく北の地で、鏡をみては笑っていた。

しかし、鏡をのぞきこんで、そこにチンギスの祝いをみたときは、笑わなかった。魔法使いたちの笑い声をきき、チンギスをほめたたえる言葉をきいたとき、クズマの心に憎《にく》しみがこみあげてきた。それは、祝われているのが自分でなかったからだ。

クズマは太鼓を取りあげて、チンギスのことをたずねた。太鼓はこういった。もし老婆から与えられた三百年を生きたなら、チンギスは大いなる力を持つ女になり、すでに二百六十歳《さい》であるクズマなどより、はるかにすぐれた魔法使いになるだろう。

これをきいてクズマは心に誓《ちか》った。もしチンギスの邪魔《じゃま》をできることがあれば、きっとそうしてやろうと。

第四章 孤独《こどく》な皇子《おうじ》

金の鎖《くさり》のふれあう音にあわせて語るのは、一匹《ぴき》の猫《ねこ》。

チンギスと魔法使《まほうつか》いの老婆《ろうば》のことはしばらく忘《わす》れて（と猫は語る）、氷のリンゴをつみとる男クズマのことを思い出してほしい。

そしてなにより、マリエンという女と、マリエンが命をすくった赤《あか》ん坊《ぼう》の皇子《おうじ》のことを思い出してほしい。

父親である恐《おそ》ろしいガイドン皇帝《こうてい》は皇子を、生まれた部屋から——宮殿《きゅうでん》の最も高い塔《とう》のいちばん上の小さな部屋から、一歩たりとも外に出してはならないと命令した。

さあ、これから奴隷《どれい》女マリエンに育てられた皇子サファが、どのような生活をして成長したかを話すとしよう。

その部屋は丸かった。丸い壁《かべ》に、丸い天井《てんじょう》。部屋の短い階段《かいだん》をおりるとすぐに、鍵《かぎ》のかかった扉《とびら》にぶつかる。窓《まど》はなく、中はいつもろうそくとランプの熱い光で、陰気《いんき》な金色にそまっていた。

部屋は静まりかえった宮殿のはるか上につき出ていて、中には赤ん坊の泣き声と乳母《うば》の歌声が満ちている。

毎日、兵士がミルクや水の入った深い木の桶《おけ》を持って階段をのぼってきては、丸天井の部屋の戸のすぐ内側に置いていく。兵士たちは皇帝の調理場からマリエンに食事を運んできては、空になった皿を持っていく。昼も夜も階段を見張《みは》り、マリエン以外はだれものぼりおりすることをゆるさなかった。皇女《おうじょ》マーガレッタが幼《おさな》い甥《おい》に会いにやってきたときでさえ、兵士は槍《やり》を交差させて階段をふさぎ、通そうとしなかった。兵士たちはマーガレッタをみることも、マーガレッタに話しかけることも、恐ろしくてできなかったが、通そうとはしなかった。とりあえず、マーガレッタが女帝《じょてい》になるまでは。

マリエンはよく、らせん階段をまわりながら兵士の前を素早《すばや》く駆《か》けおりていくことがあった。それからしばらくして、息を切らせながら、またらせん階段を駆けあがってくる。マリエンは、鍵がかかって閉《し》めきったままの暗い部屋にがまんならなくなって駆けおりていくのだが、そうすると今度は赤ん坊をひとりきりで置いてきたことが気になってくるのだ。宮殿のどこまでも続く静まりかえった廊下《ろうか》にいるときも、宮殿のまぶしく輝《かがや》く広い芝生《しばふ》の上にいるときも、心配でならなかった。マーガレッタ皇女が猫のようにしのびこんで、赤ん坊を絞《し》め殺《ころ》してしまうのではないか。塔の壁をよじのぼり、丸天井の七宝《しっぽう》のれんがを食《く》い破《やぶ》って下りてくるのではないか。

魔法《まほう》を使って、兵士たちにみつからないように、こっそり歩いてくるのではないか。ナイフを使うのではないか。毒を盛《も》るのではないか。赤ん坊を食い殺すどう猛《もう》な獣《けもの》を送りこむのではないか。

そう思うと矢もたてもたまらず、マリエンは階段を駆けあがった。荒《あら》い息をつきながら上の部屋に着くと、兵士たちが赤ん坊のおなかをつついて笑わせていたり、片手《かたて》で赤ん坊を頭の上に持ちあげ、間の抜《ぬ》けた声であやしたりしているのだった。

赤ん坊の成長は早かった。一カ月、二カ月、三カ月……一年、二年……サファは、小さい丸天井の部屋が、広くて楽しいところだと思っていた。そしてベッドの上をはったり、よちよち歩いたりしていた。派手《はで》な色のクッションを積みあげたベッドは、山のようだった。

サファはおもちゃをさがして、クッションをひっくり返したり、シーツをめくったり、ストーブのれんがに描《えが》かれた絵をながめたり、クッションや壁《かべ》かけに刺繍《ししゅう》された風景にみいったりした。

マリエンは、サファがみているものの名前を教えてやった。このしましまのおもちゃはトラ。このぶちのあるのがウシ。

この絹《きぬ》で刺繍されているのは、平べったいけど、木っていうの。ほら、枝《えだ》に花が咲《さ》いているでしょう。ここに、白いれんがの上に青く描かれているのが、海に浮《う》かぶ船。

木でできてる、わたしそっくりなのが、女の人よ。

もうひとつのほうは、兵隊さんに似《に》てるでしょう、それが男の人。しかしサファには、あまり似ているようには思えなかった。軍服も着ていないし、槍も持っていない。そこでサファは、兵士は兵士で、マリエンのいう男の人は自分がみたことのないものだ、と決めてしまった。

目にしたことのないものは、数えきれないほどあった。マリエンは騎士《きし》や、騎士の乗るたくましい馬の話をした。森や川の話、火の鳥と歌う鳥、いつも美しく心の正しいお姫様《ひめさま》の話をした。

サファにとっては、森というのはクッションに刺繍された森——絹でできた緑の大きな葉や黄色い枝がからみあい、スパンコールや真珠《しんじゅ》の花がちらばっている森のようなものだった。鳥がどんなものかは知らなかったが、火は知っていた。そして頭の中にある刺繍の森からは火がふき出し、その火は、マリエンの歌につられて、歌うのだった。お姫様というのはみんなマリエンのように美しく心の正しい人のことで、騎士というのはみな兵士に似ていて、脚《あし》をつっぱらせて絨毯《じゅうたん》の草原を歩きまわる木の馬に乗っているのだ。そして絨毯の草原では、木のトラが木のウシに襲《おそ》いかかっている。

サファはおもちゃをあちこちに動かしながら、時々手をとめて目を見張《みは》る。その目が、真珠や絹の森や、頭の中の炎《ほのお》の鳥の輝きでぱっと明るくなる。

サファにもわかり始めたのは、マリエンが話してくれたものはすべて、扉の外にあるということだった。白く短い階段をおりたところは少し広くなっていて、すぐ前には、みがきこまれた木でできた大きくがっしりした扉がある。扉にはいつも鍵がかけられていて、そのむこう側には見張《は》りの兵士が立っているのだ。マリエンがたまに扉を開けると、兵士が入ってくる。兵士はサファを抱《だ》きあげ、かみつくまねをしたり、話しかけたり、くすぐったり、肩車《かたぐるま》をしたり、背中《せなか》に乗せて部屋をまわったりした。その間、マリエンは扉のむこう側に抜け出て、いなくなってしまう。

扉が大きな音を立てて、マリエンがもどってくる。マリエンは白い階段を駆けのぼってくる。大あわてでもどってきたせいで顔は赤くほてり、汗《あせ》ばんでいる。マリエンは兵士の手からサファをひったくるようにして受け取ると、きつく、痛《いた》いほどきつく抱きしめる。そして抱きしめたまま、椅子《いす》にどっかり腰《こし》をおろして、サファにキスをし、息を切らせながらこういうのだった。「だれにも、おまえを傷《きず》つけたりさせないからね。絶対《ぜったい》に、絶対にね」

きっと扉のむこう側にいるトラのことをいってるんだ、とサファは思った。トラというどう猛な獣の話を、マリエンからきかされたことがある。そのうち、兵士が部屋に入ってくると、サファはマリエンに駆けより、自分も扉のむこう側に連れていって、と頼《たの》むようになった。だがマリエンはサファを抱きあげて兵士にわたし、すぐにもどってくるからと約束するのだった。

サファは兵士の腕《うで》の中で、あばれながら大声でわめいた。すると兵士が空中に放り上げたり、ぐるぐるまわしたり、足首をつかんでさかさにしたりして、あやそうとする。だが、サファは機嫌《きげん》をなおすことも笑うこともなく、いつまでも大声でマリエンの名前を呼《よ》び続けた。

マリエンがもどってくると、兵士はいらいらしていて、サファはぐったり疲《つか》れてむずかっていた。サファはマリエンに、どこにいっていたのかたずねた。マリエンは宮殿の調理場や芝生やバラのしげみのことを説明しようとした。すると、それから何日も、サファは扉のむこう側に連れていって、バラや芝生や調理場をみせてくれとせがむようになった。それがどんなものなのか、サファにはさっぱり見当がつかず、そのせいで、よけいにみたくてたまらなかったのだ。

マリエンもサファの願いをかなえてやりたいのはやまやまだったが、それは無理な注文だった。一度でいいからサファに、そういったものをみせてやれれば、これほどうれしいことはない。しかし皇帝が自分に息子《むすこ》がいることを思い出したら、これほど恐ろしいことはない。それに、幼いサファがたまたまひとりで庭の静かな場所に迷《まよ》いこみ、マーガレッタと出くわすことだって、ないとはいいきれない。この丸天井の部屋にいれば安全だ。マリエンはサファにいいきかせた。あなたはあの扉のむこうにいってはいけないことになってるのよ。いくことはできないの、禁《きん》じられているんだから。

だが、いくらいいきかせても、サファはきかなかった。おねがいだ、おねがいだよ、マリエン。水がどこから流れてくるのか、みてみたいんだ。森を（想像《そうぞう》の中では、輝いているスパンコールの花をつけている森を）みてみたいんだ。本物の馬にあって、話をしてみたいんだ。

「だめったら、だめ！」マリエンはむきになって大声でいった。それから木のトラをつまみあげると、それをサファのほうにむけた。「トラがどんなに凶暴《きょうぼう》か、知っているでしょう。大きくて力が強くて、大きな牙《きば》を持っていて、そいつが扉のむこうに住んでいるのよ」マリエンはトラを、おびえきった小さな顔めがけて、とびかからせた。サファはひるんだ。「もし外にでたりしたら、トラがおどりかかってきて、食べられてしまうわ。トラというのは小さい子のやわらかい肉が大好きなんだから」

マリエンはサファにむかって、大きな音をたてて歯をかみあわせてみせた。サファはほんとうにトラに食われたような気がした。マリエンがニワトリのもも肉を食べるのと同じくらいやすやすと。

「トラなんか、ぶってやる」サファがこわごわいった。

「トラをぶつですって？　あそこにいる兵士たちよりも大きくて強いのよ！」

サファは息をのんだ。そして恐ろしさのあまり、部屋の外にいきたいとはいわなくなったが、それも二、三時間ほどのことで、またマリエンのところにすりよって、スカートのひだの間にもぐりこんで、マリエンの脚によりかかった。「トラがやってきたら、いっしょに逃《に》げればいい。扉を閉めてしまえば、追っ駆けてこられないよ」

マリエンはサファを抱きあげると、顔をつきあわせた。「トラがそれをみて、あなたがここにいると知ったら、あの扉を食い破って、わたしたちを食べてしまうわ」

サファは目を大きく見開いて震《ふる》えだした。「兵隊さんたちが入れやしないよ」

「トラに食べられてしまいます。コートもバックルもベルトもみんな！」

サファはようやく、トラの恐ろしさを思い知った。その恐るべき大きな口と貪欲《どんよく》な胃袋《いぶくろ》。マリエンが下におろすと、サファはおとなしくベッドに横になった。

それから一週間、サファは部屋から出してほしいとはいわなかったが、木のトラを一列に並《なら》べて、何度も何度も殺していった。

次の週、サファはマリエンの膝《ひざ》によじのぼると、短い腕で首に抱きついてキスをしながら、「だい好き！」とくりかえした。マリエンはうれしくてたまらなくなり、この子のためならなんでもしてやろうという気持ちになった。

サファはいった。「兵隊さんたちがぼくたちといっしょにきてくれれば――それで、ぼくたちがずっとトラを見張《みは》ってれば――それで、トラがやってきたら、遠くにいるうちに急いで逃げちゃえば――扉のむこう側にいけないかなあ。ねえ、マリエン」

マリエンは首にかかっていた手を引きはがし、サファを乱暴《らんぼう》にゆさぶって、つきはなした。「何度いったらわかるの？　この部屋を出ちゃだめなの！　これ以上しつこくいうと、ぶつわよ！　わからずやなんだから！　壁の前に立って、顔をおおってなさい。ほんとうに聞き分けのない子ね！」

サファは、マリエンの理不尽《りふじん》な怒《おこ》りかたに驚《おどろ》いて、両手で顔をおおったまますすり泣いた。あわれなマリエンは背《せ》をむけた。マリエンも泣いていた。

マリエンは隊長のところにいって、サファのために木の葉や草の花を持ってきてくれるようにたのんだ。できれば、かごに入れた小鳥と子猫《こねこ》も。しかしその日、隊長は具合がよくないようだった。少なくともいらいらしていて、まわりのものにあたりちらしていたのは確《たし》かだ。

「いかなる状況《じょうきょう》においても」隊長はいった。「皇帝陛下《へいか》は、必要なものはすべて取りそろえるように、おっしゃった。だが花や葉や子猫などは、必要なものではない。ばかなことをいうな」

マリエンに頼《たの》まれれば頼まれるほど、隊長はそれをはねつけることに意地悪な喜びを感じた。そして機嫌がよくなると、鉢植《はちう》えの木や、花束や、葉のついた小枝《こえだ》くらいサファのところに持っていかせればよかったと思った。しかし、おそすぎた。一度いったことを取り消すわけにはいかない。

マリエンは、すねた幼いサファをなだめるため、宮殿の庭の散歩はあきらめて、毎日、いっしょに丸い小さな部屋に閉《と》じこもることにした。日がたつにつれて、部屋はいっそう小さく、いっそうつまらないものに思えてきた。サファのほうも、別の世界があることを忘れたわけではなく、自分の力で扉のむこう側にいこうとし始めた。

扉には鍵がかかっているので、開くまで待ち、開いたとたんに駆けだした——が、兵士につかまり、抱《かか》え上げられて中にもどされた。そのとき一瞬《いっしゅん》だったが、薄暗《うすぐら》い中に踊《おど》り場《ば》がみえ、そのもっと暗いところに兵士たちの奇妙《きみょう》な影《かげ》がみえた。ただそれだけだ。全世界が、屋根と壁と闇《やみ》に囲まれているようだった。

マリエンったら、どうして明るい日の光とか、壁のない場所のことなんか話したんだろう。頭の中ででっちあげたんだろうか?。よくわからなかったが、そういった未知のもの、いまだ目にしたことのないものをみようとする想像力《そうぞうりょく》の弱々しい努力のせいで、いつもいらいらしてきた。

毎日、サファは短い階段をおりて扉のところにいって――扉が開くのを待った。毎日マリエンとけんかをした。そこで待っているとマリエンが怒るのだ。兵士も、サファが駆けだしてくるのがわかってくると、用心するようになったので、サファは敷居《しきい》から外にはでられなくなってしまった。

時は過《す》ぎ、サファは大きくなった。

上からのしかかるような丸天井をみあげる。天井は弧《こ》を描《えが》いておりてきて、丸い壁になっている。その丸い壁にサファは閉じこめられている。まるでクルミの殻《から》の中みたいだ。窓はない。この壁と天井のむこう、この天井と壁のむこうにはいったい何があるのだろう?　何もないんだろうか?　何もないって、どんなふうにみえるんだろう?

サファは壁かけによじのぼって、天井のいちばん高いところにいこうとした。もしかしたら、そこにもうひとつ扉があるかもしれない。しかし登ろうとすると壁かけはさけて、くりかえしているうちにずたずたになっていった。

サファは壁を破《やぶ》ろうとしたこともあったが、おもちゃがこわれ、けがをしただけだった。サファはマリエンの背中にとびついてしがみつき、大声で叫《さけ》んだ。ぼくを、ここからすぐに外に出せ!　そしてマリエンにぶたれると、なぐりかえした。

外では短い夏が過ぎ、長い冬に変わろうとしていた。それを感じとったマリエンは、太陽のぬくもりを感じることもなく閉じこもっているのが、いやでたまらなかった。サファにやさしくすることもめったになくなり、話をしてやることも少なくなり、サファを怒鳴《どな》りつけてはぶつようになっていった。

暗く長い日々が続いた。マリエンとサファは憎《にく》みあうようになり、小さな部屋は、とげとげしい声が響《ひび》き、鋭《するど》くいやらしいとげと針《はり》に満ちていた。ふたりは疲《つか》れはて、痛む頭をかかえた。

それでもマリエンは、皇帝がサファのことを思い出すようなことをしたり、いったりする気にはなれなかった。

皇帝に忘れられているのは間違《まちが》いない。だからこそまだ無事でいられるのだ。調理場や兵士には命令が下されていて、その命令は何年も実行されるだろうが、皇帝はあれきり自分が下した命令のことなど、忘れてしまっている。もしサファのことを思い出したりしたら、すべてがおしまいだ。

サファ皇子は大きくなり、駆けたりはねたりするようになったが、部屋が小さいので、すぐに壁やマリエンにぶつかってしまう。

そこで、目がまわってしまうまで壁にそってぐるぐる走り、天井が震えるほど大声で叫んだ。クッションの上に身を投げて転がっては、とびあがり、壁にむかって突進《とっしん》しながら怒鳴った。それからまたぐるぐる駆け始めるのだった。

マリエンは気が狂《くる》いそうだった。広々とした静かな庭を歩いてみたい。何か、何かしなくては、マリエンは自分にいいきかせた。皇帝に会いにいかなくてはならない。

しかし兵士たちが処刑《しょけい》のうわさを持ってくるたびに、もう少し待ったほうがいいと考えなおすのだった。

もう一年、これ以上は絶対に耐《た》えられないと思いながら、マリエンは待った。それからもう一年。サファは大きくなった。部屋じゅうを駆けまわったり、とびまわったりしている。そして、絶対に外に何があるかみてやるんだと心に決めていて、頼《たの》みこんだり、わめいたり、扉の外に出せと怒鳴ったりしていた。

今では兵士ともけんかをするようになった。

マリエンは、次第《しだい》に自分の決意を実行に移《うつ》す必要にせまられてきた。が、今日こそは皇帝のところにでむこうと自分にいいきかせては、あれこれ事情《じじょう》を考えなおし、今はまだそれほど悪くはない、と思い届《とど》まってしまう。が、一日が終わると、やはりくたくたに疲れはて、『明日こそは』皇帝のところにいこう、と決意を新たにするのだった。

毎日決意を新たにするたびに、その決意は少しずつかたいものになっていき、ついにある日のこと、マリエンはついたての後ろにいって、体を洗《あら》い、着がえをし、わめきちらすサファには目もくれず、丸天井の部屋から出ていった。

そしてサファの叫びを後ろにききながら、らせん階段を駆けおりていった。

そのときでさえ、マリエンは立ち止まっては、考えなおし、もどりそうになったが、そうはしなかった。ここまできたのだ。

マリエンは兵士を相手に時間をむだにするような真似《まね》はせず、まっすぐ宮殿の侍従《じじゅう》のところにでむいた。が、それはむだにおわった。侍従は賢《かしこ》い男で、皇帝に息子のことを思い出させるようなおろかなことをするつもりはなく、マリエンを追《お》い払《はら》った。

マリエンはいちばん偉《えら》い大臣のところにいったが、大臣も手助けをするほどおろかではなかった。「時期が悪い。そんなことを皇帝のお耳に入れたら、この首がとぶ」大臣はそういった。

「ということは、マーガレッタ様のところにいく以外になさそうね」マリエンはそういうと、皇女のところにでむいていった。

マーガレッタは、すぐにマリエンを部屋に通した。もちろん、乳母のマリエンのことはよくおぼえていて、話を最後まで、やさしく心配そうな面持《おもも》ちできいていた。

ええ、ええ、あなたの不安はよくわかります。あんな部屋で暮《く》らすことがどんなにみじめなものか、ほんとうによくわかります。いうまでもなく、兄はあのような命令を下すべきではなかったのです。兄君にお目どおりができるよう、わたしからお願いしてみましょう。喜んで、できるかぎりのことをしましょう。

「この近くの部屋に皇子を住まわせましょう。いい考えだとは思いませんか?」

マーガレッタはにこやかにほほえむと、マリエンを連れて廊下を歩いていった。皇帝が廷臣《ていしん》や大臣たちといそがしくしている宮殿の大広間にむかって。

みてるがいい、とマリエンは、マーガレッタのあとを歩いていきながら考えていた。この人がこんなに満足そうにしているのは、皇帝があたしやかわいいサファをむごい目にあわすにちがいないと思っているからだろうけど、そうはいくものか! このまえのとき、陛下はあたしの言葉をきき入れてくださった、今度だって、きっときいてくださる。

ふたりは広間の前、彫刻《ちょうこく》のほどこされた両開きの扉までやってきた。一面に金箔《きんぱく》をはった扉はろうそくの光で鈍《にぶ》く輝いている。両側の影の中に武装《ぶそう》した兵士たちが立っている。兵士たちは、皇女マーガレッタのために扉を開いたが、すぐに閉めて、マリエンは入れなかった。

マリエンは長いこと暗い気持ちで待っていた。それからやっと扉が開いた。中をのぞくと、広い部屋がみえた。廊下と同じくらい暗い。両側にはたくさんの人間が立っていて、その着ている物にちりばめられた宝石《ほうせき》がやわらかい光を放っている。どの人間もみな好奇心《こうきしん》をあらわにしてマリエンをみている。

その人々のいるほうからマリエンのほうへ、扉を開いたときの風に運ばれた白粉《おしろい》とラベンダーの香《かお》りが、しなびかけたバラの花とろうそくのろうの燃《も》えるにおいが、漂《ただよ》ってきた。人々が作っている長い長い廊下は、はるかむこうまで続き、その端《はし》に高い階段がある。階段のいちばん上には皇帝の椅子が置かれている。部屋で最も輝いているその椅子の背は豪華《ごうか》に作られていて、クジャクの尾羽根《おばね》のようだ。その椅子に腰をかけて、皇帝がこちらをみおろして待っている。

マリエンは部屋の中に進み入り、廷臣たちの作っている背の高い列の間を歩いていった。皇帝の椅子に続く階段のほかは、何も目に入らない。タイル張りの床《ゆか》の上で、木靴《きぐつ》がかわいた音を立てる。廷臣たちが低い声で笑った。

マリエンは皇帝の椅子に続く階段のところまでいき、両腕《りょううで》を組んで胸《むね》に置き、それから深々と頭をさげた。そしてしきたり通り、膝をつき、いちばん下の段に額《ひたい》をのせていった。「父なる皇帝陛下、どうぞ無礼をおゆるしくださり、わたしの話をおききくださいますよう！」近衛兵《このえへい》の隊長が足をどんとふんで、皇帝が許可《きょか》したことを知らせた。

マリエンがふと目をやると、暗い明かりの下で、大理石の階段はかすかな緑に輝いており、紫色《むらさきいろ》の絨毯は黒っぽくみえた。「陛下」マリエンは声をはりあげた。「わたしがここにやってまいりましたのは、陛下に、皇子がいらっしゃることを思い出していただきたいと考えてのことでございます！」

すべての音が——えりをこする髪《かみ》の毛《け》の音も、床のタイルをかすかにこする靴底《くつぞこ》の音も、喉《のど》をかすかる息の音も——すべての音がとまった。マリエンの心臓《しんぞう》は、乱打《らんだ》された太鼓《たいこ》のように鳴《な》り響《ひび》き、その音が胸の中でとどろいた。しかしここまできた以上、続けるほかはない。

「陛下、皇子様は読み書きもできません。何も知らず、まるでしつけをしていない犬のように、手に負えません。あのまま丸天井の部屋に閉じこめたままにしておいて、どうして陛下のあとをつぐことができましょう。陛下、陛下はご自分のお子様のために、何をなさるおつもりなのでしょうか？」

マリエンは目の前の階段より上には決して目をあげようとしなかったので、皇帝が隊長に合図するのはみえなかった。だがぎくっとして頭をあげた。隊長が腰にさげた剣《けん》を鳴らしながら、マリエンのわきを通っていったのだ。

隊長は階段の上の玉座《ぎょくざ》にむかって、まっすぐ駆けあがると、体をかがめて皇帝の口もとに耳をよせた。それから体をおこすと、振《ふ》りむいて、部屋にいる者たちにむかって命令を下した。その声があまりに大きくあまりに高いため、何をいったのかマリエンにはわからなかった。

マリエンの両側に兵士がひとりずつやってきて、力まかせに腕をつかむと、マリエンを立ちあがらせ、引きずっていった。マリエンは自分の脚を使う余裕《よゆう》もなかった。

マリエンが振りむいた。肩《かた》ごしに後ろをみたマリエンの顔には不安と恐怖《きょうふ》の表情《ひょうじょう》が浮《う》かんでいたが——マリエンをみつめかえす顔もすべて、恐怖の表情が刻《きざ》まれ、居並《いなら》ぶ身分の高い廷臣たちもみな——恐れおののいている。

金色に塗《ぬ》られた扉から廊下へ運ばれていくマリエンは、これから何が起こるのか見当がつかなかったが、あらがうことも、たずねることもしなかった。

兵士たちは手早くマリエンを、空のみえる小さな庭のまばゆい光のもとに引き立てていった。そして、そこで――光に目がなれると――マリエンの首をはねた。

宮殿では部屋も廊下もつねに薄暗《うすぐら》く、そこを満たしているのは、ろうそくと絵の描かれた雲母《うんも》の窓からさしこむか弱い光だけだ。すみには濃《こ》い影が深く重なっている。部屋も廊下もつねに静寂《せいじゃく》に包まれ――何時間も何時間も物音ひとつしない。たまにきこえるかきこえないかのささやきが、かさこそと、その静寂を破《やぶ》るだけだ。

夜になると、ほとんど使われることのない廊下のろうそくは、燃えつきるにまかされ、廊下に続く出入り口も部屋も、完全な闇と完全な静寂に支配《しはい》される。

この闇と静寂が宮殿の中をしのび歩き、水ににじむ絵の具のように、音もなく飛びあがっては廷臣たちのいなくなった部屋をのみこんでいく。皇女マーガレッタのあとをベッドまでついていき、調理場から召《め》し使《つか》いのあとを追っていく。

夜が最も深まるころには、かすかなしみのような光が、ただ番兵の立っている場所――皇帝と皇女の部屋の前、宮殿の門の前、そして最も高い塔の階段――にあるだけだった。

最も高い塔のいちばん上の丸天井の部屋では、ろうそくが燃えつき、燃えつきるときの、こげくさいにおいさえ消え去っていた。暗闇《くらやみ》の中、サファ皇子は目を開けたまま椅子に座《すわ》って、乳母マリエンの帰りを待っていた。長い夜が、サファの目の前を通りすぎていく。しかしマリエンはもどってこなかった。

朝の光が、宮殿の、絵の描かれた雲母の窓からさしこみ、部屋や廊下に、さまざまな色をおびた暗い影を落としている。召し使いたちが音を立てずに歩きながら、ろうそくに火をつけてまわると、ろうそくは薄暗がりの中に光を放つ。

しかし宮殿のはるか上の丸天井の部屋、窓もなく、ろうそくに火をともす者もない部屋に、新しい光はやってこなかった。サファは、いつ終わるとも知れない闇の中で待っていた。

交代の兵士がやってきて、夜番の兵士と代わった。言葉は交《か》わされなかったが、サファの耳には部屋の外の石段《いしだん》を踏《ふ》む靴《くつ》の鈍《にぶ》い音がきこえた。サファは扉にしがみついてマリエンを呼《よ》んだ。しかし返事はなく、ひとりの兵士が扉をたたいてこういっただけだった。「乳母はいってしまった」

サファの心の中では、世界は丸天井の部屋とそのむこうにある階段の上の所だけだった。いったいマリエンはどこにいったんだろう? ぼくを置いたまま。扉のむこう側にいるはずなのに。

サファは待った。クッションの間に、脚を組んで座っていた。扉が開いたので、マリエンがもどってきたのかと思ったが、兵士が食事と水と火のともったランタンを持ってやってきただけだった。兵士は新しいろうそくを出して、火をつけた。サファは、闇から引きもどされ、目をこらしてみたが、兵士たちの間にマリエンの姿《すがた》はなかった。

「どこにいったの?」サファがたずねた。兵士たちは部屋をでようとしていたが、そのうちのひとりが振りむいていった。「あいにく、永遠《えいえん》にもどってくることはない」

サファには『あいにく』とか『永遠』といった言葉がわからなかったので、きっと兵士たちは、がまんして、もうちょっと待っていろといったのだろうと考えた。

こうしてサファのひとりきりの暮《く》らしが始まった。父である皇帝は、乳母を処刑するようにという命令は下したものの、息子に関してはなんの命令も下さなかった。

兵士たちは塔を見張り続け、食料とろうそくと暖炉《だんろ》にくべる薪《まき》を持って、長い階段をあがっていった。いつまでも、これが続くことだろう。宮殿と皇帝がなくならないかぎりは。

最初のころ、兵士たちは扉のむこうからサファに話しかけたり、食べ物を運んでやってきたときに、しばらくいっしょにいたりした。だがサファは扉のむこうにあるものをみたがり、マリエンをさがそうとした。扉が開くと、兵士にむかってとび出し、力づくでわきを通ろうとしたが、たやすく押《お》しもどされるだけなので、次第にずる賢《がしこ》く、次第に乱暴になっていった。兵士たちを部屋に入れておいてから、ふいにおそいかかったりすることもあった。こぶしでなぐったり、そこにあるものをなんでも武器《ぶき》にした——ろうそく立て、鉢《はち》、水さし。

兵士たちは腹《はら》を立て、サファを低いベッドに放り投げて、部屋を出ていった。サファはなかば覚悟《かくご》していた自分の失敗を、大声で陽気に笑いとばした。宮殿で最も大きな声は、このサファの声だった。

兵士たちはサファを恐れ、サファは気が狂《くる》ったといいあうようになった。兵士たちは扉のむこう側にもどると、鍵をかけ、それきり開けようとしなかった。隊にいる大工をひとり連れてきて——サファのしつこい妨害《ぼうがい》をうけながらも——扉に小さな窓をつけさせたのだ。こうして食べ物と水と薪は、その窓からわたされることになった。それ以後、兵士たちが部屋に入るのは一年に一度——寒くなって、ストーブに火を入れるときだけになった。

そのほかは、階段や扉の番をするだけで、サファが暗闇の中から呼びかけても、返事をしなかった。次第にサファも、兵士たちに話しかけなくなった。最も兵士たちには、サファのひとりごとや、わめき声や、部屋の中を駆けまわったり、壁をなぐったりする音がきこえていた。それから何日も、物音ひとつしなくなった。

闇の中で、黙《だま》りこんだサファはけんめいに、心の中に扉の外の世界を、マリエンのいる世界を映《うつ》しだそうとした。しかし思い描くことのできるのは、それまでにみたものだけ。丸い壁でかこまれた場所、木彫《きぼ》りの動物、スパンコールのツタ、ろうそくの光――ただそれだけだった。

体はとらわれていたが、体の中の心と、考える意志《いし》は、痛いほど戦っていた。丸天井の部屋を抜けだそうと戦っていたのだ。怒《いか》りのせいで体が痛み、心臓が痛んだ。心は心臓にしっかりと根をおろしているのだ。夢《ゆめ》の中でさえ、心は部屋の壁の外の世界をみることはできなかった。外にでる道を知らなかったのだ。日がな一日――昼も夜も――サファの心は、きしるような長い長い叫びをあげていた――そのかん高い、耳にきこえない声は、部屋の壁をつらぬき、空を飛び、ひっきりなしに呼びかけた。その絶望《ぜつぼう》に満ちた声は、ゆいいつの希望をたくして、扉のむこうの世界に呼びかけていた。

第五章　牢獄《ろうごく》からの解放

カシの木のまわりをぐるぐるまわりながら、猫《ねこ》は語る。

さあ、あの不幸にして孤独《こどく》な皇子《おうじ》サファのことは話した。これからあの魔法使《まほうつか》いの老婆《ろうば》と義理《ぎり》の娘《むすめ》、若《わか》き魔法使いチンギスのことを話すとしよう――おぼえているだろうか、チンギスは一人前《いちにんまえ》の魔法使いとなり、もはや弟子《でし》ではなくなった。

チンギスは、老婆の家のカシの木箱にしまわれていた大きな重い本を片《かた》っぱしから読んでいった。魔法使いの文字で書かれているむずかしい本だ。だがチンギスはそういった本から学んでいった。

チンギスは魔法の言葉や音楽を使って、自分の姿《すがた》やほかのものの姿を変えることもあったし、樹皮《じゅひ》をまとった木々を歩かせることもあった。魔法の太鼓《たいこ》に問いかけをするのがとてもうまくなって、答えがどんなに複雑《ふくざつ》なものでも、どんなにあいまいなものでも、間違《まちが》いをおかすことはなくなった。老婆がどんなにチンギスを誇《ほこ》りに思っているかは、魔法の言葉でないと表すことができないが、その言葉は普通《ふつう》の人間にはわからない。

「母と娘というものは他人同士のようなもの」老婆はチンギスに語った。「だがおまえは、魔法使いの娘。あたしが手塩にかけて育てた娘だ。おまえのような娘ができて、ほんとうに苦労のかいがあったよ」

しばらくして老婆がいった。「チンギス、あたしはもうすぐ三百歳《さい》になる。おまえにはもうあたしは必要ないし、あたしはこの老いぼれた体に飽《あ》きてきたところだ。さあ、そろそろ死者の世界へいって、別のあたしになろうかね」

「しょっちゅう、遊びにいくね」チンギスがいった。

「いつでもおいで。この小さな家はおまえに残していこう。決して、火をたやしちゃだめだよ。本も残していくから、よく読んで、よく学ぶように。楽器も残していくから、毎日弾《ひ》いておやり」

「わかった、そうする」

「いいかい、よくおぼえておくんだよ。学んだことは書きとめること。未来の兄弟や姉妹のためにね。それから、おまえもこの世界を去って死者の世界にいくときがくる。そのときは、おまえが娘をもらってきて育てなくてはならない。あたしがおまえをもらってきたようにね」

「おばあさまの心を、女の赤《あか》ん坊《ぼう》に送りこんでちょうだい。その子をわたしの娘にするから。赤ん坊に生まれ変わったおばあさまなら、きっとかわいいはずだもの」

「まあ、それは先の話だ。まず、弔《とむら》いの用意をしなくちゃね。薪《まき》を積むのを手伝っとくれ」老婆がいった。

ふたりは草やシダのからまっているしげみや、しめったにおいのする森の中から、太い丸太をひっぱり出してきて、土台を作った。それから腕《うで》にいっぱい枯《か》れ枝《えだ》をかかえてくると、それを編《あ》むようにして上に上に重ねていき、その上に木の皮を積みあげた。

チンギスは何度も何度も足を運び、木の皮の上にやわらかい松葉を厚《あつ》くしいて、ベッドを作った。それから老婆に手をかして、上にのぼらせ、そこに寝《ね》かせた。

チンギスは家から毛皮のテントと、太鼓と、小さな竪琴《たてごと》を持ってきて、松葉のベッドに横たわっている老婆のそばに置いた。食べ物と飲み物もわきに置いた。チンギスは老婆の上にかがみこむとキスをしてから、下におりた。

チンギスは、ニワトリの脚《あし》にのった家の戸口に座《すわ》って待っていた。長いこと、老婆は口をつぐんだままだったが、やがて竪琴を取ると、ゆったりした暗い音楽を奏《かな》で、それにあわせて歌った。心が死者の世界にいくのに必要な歌を、ひとつひとつ歌いあげていく。チンギスの耳にきこえる老婆の声は、次第《しだい》にかすかになっていった。まるで遠くへ遠くへと離《はな》れていくかのようだ。

そしてついにその声が、死者の世界の門から呼《よ》びかけた。「もうこの世界で話すべき言葉はない」声と音楽がやんだ。

火はなかなかつかなかったが、いったん燃《も》えだすと、三日間燃え続けた。煙《けむり》は曲がることもゆれることもなく、まっすぐに空に吸《す》いこまれていった。それは天と地をむすぶ一本の線——心が一直線に安らかに旅をしていった確《たし》かな証拠《しょうこ》だった。

灰《はい》になった薪の山に用はない。チンギスは、ニワトリの脚にのっかった家の中に入り、旅立った。こうしてチンギスのひとりきりの生活が始まった。が、それはサファの生活ほど孤独なものではなかった。老婆が残していってくれた本を読み、それを書いた過去《かこ》の魔女《まじょ》たちの声をきき、技《わざ》をみがいて、ゆっくり、一行一行、自分の本を書いていった。ニワトリの脚の家で旅をしながら、いろんなことを学んでいった。川ひとつとってみても、一千もの川があり、それらの川はすべて同じでありながら、すべて異《こと》なっていること。一千本の木があってもそれらはすべてちがい、一本たりとも同じシラカバの木はないこと。世界中のものは何ひとつとして、ひとりきりでいることに満足はしないこと。

いっぽう皇子サファは、クルミの殻《から》のような闇《やみ》と静寂《せいじゃく》の牢獄の中で、頭の中をさぐっていた。絹《きぬ》やスパンコールでできた、けばけばしく生気のない木々や、木彫《きぼ》りの動物をさがしていた。木彫りの動物はどれも、色こそちがうが、すべて同じ形だった。

真珠《しんじゅ》の花、歌う炎《ほのお》、心の正しいお姫様《ひめさま》、そういったものはサファの頭の中にあったが、かつては生き生きとまぶしかったのに、今ではたとえようもなく退屈《たいくつ》なものになっていた。よごれてすりへり、みるかげもない。織《お》りたてのときは目を見張《みは》るばかりの布《ぬの》が、使いすぎて、目もあてられなくなってしまうように。

頭の中ですりへり、退屈なものになった絵はそれでも、サファの心の中の、丸天井《まるてんじょう》の部屋からでたい気持ちをあおりたてた。その願いは空腹《くうふく》よりも強かった。その願いは決して満足することがなく、そのせいで飢《う》え死《じ》にすることもなかったからだ。それは鉄よりも強く、決して錆《さ》びつくことがなかった。骨《ほね》よりも強く、決して折れることはなかった。炎よりも強く、決して燃えつきることはなかった。

一瞬《いっしゅん》一瞬、昼も夜も、サファの心は目覚め、夢《ゆめ》をみながら、叫《さけ》んだ。そして部屋の中をぐるぐるまわりながら、出口をさがしていた。

その叫びをチンギスが耳にした。

チンギスは最初、それを眠《ねむ》りの中できいた。ききおぼえのない、不気味な、不安を呼びおこす叫び声だった。チンギスの心は体を離れて、叫びの糸をとらえると、それに乗り、まるで糸につながれた凧《たこ》のように飛んでいった。宮殿《きゅうでん》へ、最も高い塔《とう》へ、七宝《しっぽう》の丸天井の部屋へ。

チンギスは部屋のまわりを飛び、中の叫びをきいた。宮殿から立ち上る冷たさと静けさが感じられる。そこでチンギスはむきを変えると、もとの世界にもどった。

だがその叫び声を忘《わす》れることができず、この世界で目覚めたとき、その声がきこえはしないかと耳をすましてみた。家のきしむ音や吹《ふ》く風の音の後ろに耳をすました。家を取《と》り巻《ま》く森に住む鳥や獣《けもの》の声や音がきこえてくる。

さらに耳をすますと、はるか彼方《かなた》の町で人々が話す声や、さらに遠方の潮騒《しおさい》の音がきこえてきた。さらにさらに耳をすますと、百万もの人々の、憂鬱《ゆううつ》な心や、楽しい心や、混乱《こんらん》した心のつぶやきがきこえる。チンギスは首をかしげ、頭をめぐらせ、やっとのことで、あの声をつきとめた――あの不気味な、やむことを知らないうめき、牢獄からの叫び、孤独の声を。

チンギスは魔法の太鼓、ゴーストドラムを取ると、膝《ひざ》に置いた。その中心に頭蓋骨《ずがいこつ》を置き、「叫んでいるのはだれ？」と問いかけた。チンギスが太鼓をたたくと、頭蓋骨は走ったり、ひっかいたり、はったりしながら、ゆっくりと、その答えをつづっていった。『クルミの殻の中で生まれた、危険《きけん》にさらされている者』

太鼓の答えを、普通の人の言葉になおすと、こうなるが、魔法使いの言葉は、もっと多くのことを語っている。

「どんな危険？」チンギスが太鼓にたずねる。

「死」太鼓が答えを返す。だが太鼓はそのほかのことも語っていた。死の危険はあの宮殿からの、それも愛すべき立場にある人々たちからの危険であり、未来は今のところ不確《ふたし》かで、死は回避《かいひ》できるかもしれないということを。

チンギスは太鼓をわきに置いて、筆と、すすで作ったインクを出した。そしてシラカバの樹皮に、魔法使いの言葉で呪文《じゅもん》を書きつけ、それを家の戸にとめた。それには、だれがニワトリの脚にのった家をみることがゆるされ、だれがゆるされないかが書かれていた。

チンギスはストーブが真っ赤になるほど、薪をくべた。家をのせたニワトリの脚がその爪《つめ》を深くつき立てるようにして、大またで走りだした。平原を越《こ》え、森をぬけ、川をとびこし、村や町を駆《か》け抜《ぬ》けて、都にやってきた。

家は宮殿の庭を通って、番兵のわきをぬけ、芝生《しばふ》の真ん中で脚を折ってしゃがんだ。ストーブの煙突《えんとつ》から煙をはき、鱗《うろこ》のあるニワトリの脚を持つ家に、気がつく者はいない。

チンギスは家からでると、芝生を横切って宮殿にむかった。姿はみえない。なぜなら、歩きながら口ずさんでいる歌は、きく者すべてに、自分はここにいない、と歌いかけているからだ。庭師《にわし》も番兵も歌がそばを通っていくのを耳にして、だれが歌っているのか確《たし》かめようとするのだが、ただ草や花や空がみえるだけだった。

チンギスは広い大理石の道をたどり、幅《はば》の広い大理石の階段《かいだん》をのぼって、宮殿の青銅《せいどう》と金の堂々とした扉《とびら》にむかった。階段をあがりながら、両手をさしのべると――扉が身震《みぶる》いして、その形を変え、内側に開いた。まるでチンギスの手がすさまじい風を送ったかのようにみえた。

「おまえたちは何もみない、わたしのすることは目に入らない」チンギスが歌うと、階段や入り口のホールにいた番兵たちには、扉が開くのもみえなかった。ただ扉の開く音と、歌声だけが耳に響《ひび》いていた。

それから、大きな音がきこえ、床《ゆか》が震えるのが感じられた。チンギスが手をわきにおろしたとたんに、青銅の扉が閉《し》まったのだ。その音は宮殿のすみからすみまでとどろきわたり、それをきいた番兵はみなとびあがって、槍《やり》をかまえた。しかしどこにも敵《てき》の姿はなく、閉まって大きな音を立てたはずの扉は、閉《と》じたままだった。ただ歌声だけがホールをぬけ、宝石《ほうせき》の色にそまった宮殿の薄闇《うすやみ》の中に入っていった。兵士たちは気をつけの姿勢《しせい》をとったまま、幽霊《ゆうれい》の恐怖《きょうふ》におびえていた。

歌声は廊下《ろうか》や階段を、召《め》し使《つか》いや廷臣《ていしん》やさらに多くの兵士たちのわきを流れていった。召し使いや廷臣や兵士たちの姿はたがいに溶《と》けあって、金と赤と深い青緑にいろどられたおびえた影《かげ》になった。だれの耳にも、ささやきさえ禁《きん》じられている場所で大胆《だいたん》に美しく歌う声がきこえていた。歌声が近づくと人々は膝をつき、十字を切り、歌声が通りすぎると、声の響く呪われた場所から逃《に》げ去《さ》った。

チンギスはしんぼう強く、たくさんの部屋や階段を進んでいった。こんな場所にきたのははじめてだったが、それまでの生活と訓練のおかげで、目新しい物にまごつくことはなかった。そして、最も高い塔の入り口にやってきた。

塔の入り口は狭《せま》く、急な階段につながっており、その両側には兵士が立っている。歌で姿を隠《かく》しながら、チンギスは兵士たちの間を通った。石造《いしづく》りのらせん階段をのぼっていくと、二、三歩ごとに兵士がひとり立っていて、チンギスが前を通るたびに、上に、下に、あらゆる方向に、女の低い歌声を追って目を走らせた。チンギスは塔の上にたどりついた。目の前に、丸天井の部屋のアーチ形の木の扉がある。扉の番兵たちはおびえ、顔を見合わせた。

チンギスは扉の前に進み出て手を触《ふ》れた。扉が身を震わせ、ちょうつがいが小きざみに鳴り、鍵《かぎ》がきしりながらまわった。兵士たちは扉からとびすさって、目をこらした。が、扉が開いてチンギスが中に踏《ふ》みこんだはずなのに、みえるのは、そこに当然あるべきはずの、鍵のかかったままの閉じた扉だった。

丸天井の中は暗く、空気はよどんで、すえたような、かびくさいにおいが漂《ただよ》っている。悲しみでくさった場所だった。

チンギスはそこに立ったまま、明け方の小鳥のさえずりを歌った。その歌は夜明けをもたらし、部屋は明るくなり、薄い光が部屋の壁《かべ》を洗《あら》い始める。まるで、波に運ばれてきた光が橋げたを洗っているかのようだ。

扉から石段をのぼると部屋の床だった。チンギスはそこに立って、中のひどいありさまをみた。ぐるりを取り巻く壁にかかっている壁かけはずたずたに裂《さ》け、シーツと毛布《もうふ》はもつれあい、床をおおっているクッションと詰《つ》め物《もの》と敷物《しきもの》の下には、割《わ》れた木の鋭《するど》いかけらや、皿の破片《はへん》が隠《かく》れている。低いテーブルには、かびのはえた食べ残しの入った鉢《はち》が所せましと並《なら》び、そのにおいが、よどんだ空気をさらによどませている。壁のむきだしの部分には、果物の汁《しる》がはねたあとが黒ずんで残っている。

チンギスにはサファの姿はみえず、やぶれた布やこわれた物の間をぬっていくうちに、つまずいて低いベッドに倒《たお》れてしまった。ベッドは、羽毛《うもう》やクッションや裂《さ》けた壁かけに埋《う》もれていて、その上に、サファが眠っていた。

チンギスはサファをよくみようと、毛布とクッションをわきにどけた。チンギスはサファをみて、きれいな子だと思った。「わたしの弟子にしよう」チンギスはいった。

チンギスはベッドの上に脚を組んで座り、目を閉じると、自分の体から離れて、サファの夢の中に入った。そこは暗く、いやなにおいが立ちこめ、のがれようともがく心の叫びが不安をかきたてた。チンギスがあたりをみまわすと、逃《に》げ道《みち》はいくつもあったが、サファにはそれがわからなかった。サファは丸天井の部屋しか知らないのだ。

その夢の中で、チンギスは部屋の扉を開け、壁に窓《まど》を作った。光がさしこんできた。

皇子サファは眠りの中に光をみると、夢の中で、驚《おどろ》いた。サファには日の光が理解《りかい》できず、自分の知っているストーブの火明かりに変えてしまおうとした。チンギスはそれをゆるさなかった。夢の中で、サファは、目覚めているときにはみたことのない光にさらされた両手を動かしてみた。肌《はだ》の上を、光が水のように流れていく。

夢の中、この新しい光の中に、ほっそりした顔の娘がいた。髪《かみ》は黒く、目も黒い。サファはその娘の名を知っていた。そして助けにきてくれたこともわかっていた。信頼《しんらい》すべき相手であり、信頼できる相手だということもわかっていた。そんなことはたずねるまでもなく、いわれるまでもなかった。夢の中は、このようなものだ。

チンギスは立ちあがると、片手《かたて》をさしのべた。サファはベッドから立ちあがり、自分の手を相手の手にあずけて、いっしょに進んだ。目がさめているのか眠っているのか、そんなことは知らなかったし、考えもしなかった。丸天井の部屋では、眠っているときも目覚めているときも、たいして変わりはなかったのだ。

ふたりは扉のほうに、短い階段をおりていった。だれもふれないのに、扉がきしりながら少しずつ開いていく。兵士もひとりとして中に入ってこない。

チンギスはサファの手を引きながら歌った。ふたりは扉に近づいていった。サファに扉のむこうがみえた――兵士たちが、丸天井の部屋の開いた扉から流れだす光にてらされている。だが兵士たちは光にも、開いた扉にも、気づいていないようだ。

ふたりが近づくと、扉はさらに開いた。大きく口を開け、ふたりを飲みこんで反対側に送りだそうといわんばかりだ。

サファは立ち止まった。住みなれた部屋にもどりたくなったのだ。外にはトラがいることを思い出した。扉の反対側には、また別の丸天井の部屋があるのではないかと不安だった。

チンギスはサファの両手を取り、力をこめてぐいと引っぱると、反対側に連れ出した。ふたりは小さな灰色《はいいろ》の床に立っていた。がっしりした兵士がふたりいるだけで、狭くみえる。兵士たちはおびえた顔で、歌声のするほうに目をやっているが、歌声の主はみえず、何もみえなかった。

振《ふ》りかえったサファの目に、部屋の扉が勢《いきお》いよく閉まるのがみえた。みたことのない、のっぺりした壁があって、その壁にはめこまれた、のっぺりした扉が閉まっていく。どれもはじめてみるものだった。

これほど長くぐるぐるまわっている階段をおりていくのは、はじめてだった。サファは、息がかかるほど近くで無数の兵士の顔をのぞきこんだが、だれにも気づかれなかった。どこまでもどこまでも階段と兵士が続いた。もし階段が永遠《えいえん》に続いても、あるいは世界がどこまでも続くらせん階段であっても、サファはちっともがっかりしなかっただろうし、驚きもしなかっただろう。扉のむこうに何があるか、ちっとも知らなかったのだから。

だが階段は終わり、床はふたたび水平になり、ぐるぐるまわるらせんはつきた。ふたりは左右にのびる廊下にいた。雲母《うんも》の窓の鈍《にぶ》い色に照らされた廊下もすばらしかったが、最もすばらしく、最も驚くべきことは、廊下が曲がってなくて、長く続いていることと、壁と天井がまっすぐなことだ。

小さくなくて、丸くないということは、どういうことなのだろう。サファはあんぐり口を開けたまま、立ちつくしてしまいそうになったが、チンギスに引っぱられていった。

ふたりは男のそばを通りすぎた。その男は兵士ではなく、軍服を着てもいないし、槍を持ってもいない。男にふたりの姿はみえなかったが、チンギスの歌はきこえていた。男は震えあがって、逃《に》げだした。チンギスは、サファに男のあとを追わせなかったが、それでよかった。ふたりは多くの人々の前を通っていった。男もいれば女もいる。だがマリエンはいなかった。人はたくさんいたが、どれひとつ同じ顔はない。

サファは以前から、扉のむこうに何があるのかみてみたいと願っていたが、その願いが今かなったのだ。そう、むこうの世界は、壁と屋根にかこまれた世界だった。その程度《ていど》はなんとか想像《そうぞう》がついた――が、こんなに広いとは、思いもよらなかった。廊下は果てしなく続き、巨大《きょだい》な部屋がずらっと並《なら》んでいる。その部屋ときたら、五十歩あるいても反対側にたどりつけないほど大きい。廊下ときたら、長くてむこうの端《はし》がみえないほどだ。チンギスが手を引いてくれていてよかった。自分が小さく感じられてしょうがない。まるで部屋のベッドカバー一面にほどこされている刺繡《ししゅう》のひと刺しになってしまったような、それもほころんだ、ひと刺しになってしまったような気がする。

それにこの色！　マリエンがいなくなるまえ、丸天井の部屋にはろうそくの光しかなく、そのくすぶったような鈍い光の中で、クッションやおもちゃの色がみえた——が、これほど明るく、まぶしく、あでやかな色はなかった。窓に描《えが》かれた王冠《おうかん》やワシの色がぼんやりと、壁や天井や床をやわらかいバラ色と金色と青に染《そ》めている。

チンギスはサファを連れて、別の階段をおり、宮殿の入り口のホールにいった。そこに立ったサファは、世界のあまりの広さにめまいがした。ホールは四角くも、丸くも、楕円《だえん》でもなく、いたるところに壁を切りこんで作った小部屋があり、壁がんがあり、いくつも丸天井があった。それまでみてきたどの部屋よりも広く、天井が高い。

無数のシャンデリアがさがり、あちこちに噴水《ふんすい》が吹《ふ》き出《で》ていて、香《かお》りのいい花をつけた本物の木が植わっている。サファはチンギスの手を引っぱって、立ちどまった。ここを、世界のはてのこの部屋を、もっとよく知りたいと思ったのだ。それに目がくらみ、まわりの物をしっかりみることができるようになるまで、休みたかったのだ。

チンギスが手をさしのべると、宮殿の扉が開いた。

扉が大きく左右に開き、そこから外をみたサファは、自分の予想とちがって、宮殿が全世界ではないことを知った。もっと広いのだ。

扉を抜《ぬ》けると——日光がまるで針《はり》のようにサファの目を刺す——緑の草が——白い、めくるめく光が——黄色い花が——赤い軍服が、みえた。そこにある色は、炎よりも明るく輝《かがや》いている。草は燃えるような緑で、部屋にあったストーブの赤い火さえ、そばに置くと、色あせてみえそうだ。

サファは片手で目をおおった。こんなにたくさんの物があるなんて！　サファは扉のほうへ歩いていこうとはしなかった。

チンギスはサファの手を引っぱって、扉をぬけ、大理石の階段をおりていった。サファはすさまじい熱におそわれ、火をさがした——が、サファが感じたのは、はるか彼方の太陽の火だった。

芝生も道も、恐《おそ》ろしいほど遠くまでのびている。あんなに遠くまではみえるはずがない、とサファは思った。

森があり、そのむこうに教会の塔があり、そのむこうにも、そしてサファの上にも、空が広がっている。大地と空の広さに押《お》しつぶされそうになったサファは膝をついた。あの丸天井の部屋にもどりたくなった。目を痛《いた》めつける光もなければ、心を乱《みだ》す色もなく、数歩あるけば堅《かた》く快《こころよ》い壁にいきつける、あの部屋に。

チンギスはサファのわきに立って、姿を消す呪文を歌っていたが、それに家を呼びよせる節をまぜこんだ。

芝生を横切り、ニワトリの脚を持つ家が高くとびはねるようにしてやってきた。その扉には、呪文がはりつけてあるので、チンギス以外に家がみえる者はいない。チンギスは歌の中に、サファにも家がみえる呪文をおりまぜた。

家が近づいてくると、チンギスはサファを立ちあがらせた。サファは、ニワトリの脚を持った家をみても驚かなかった。それどころか、後ろを振りむいて、宮殿にはどんな脚がついているのか確かめようとしたくらいだ。脚がみえなかったので、きっと宮殿は脚を折りたたんで、その上に座っているのだろうと思った。ちょうどチンギスの小さな家が、ニワトリの脚を折ってうずくまり、扉を地面に近づけたのと同じように。サファはうれしくなって中に入った。壁でかこまれた小さな空間にふたたび入ることができるのだ。チンギスがあとから入ると、扉が閉まり、家はニワトリの脚で立ち上がって、宮殿をあとにした。

こうして、皇子サファは、魔法使いチンギスによって、丸天井の部屋から救いだされたのだった。

第六章
ガイドン皇帝《こうてい》の死

その木のまわりをまだまわり続けているのは、物知りの猫《ねこ》。金の鎖《くさり》も、まだまだ長い。

若《わか》き魔《ま》法使《ほうつか》いチンギスと、もう孤独《こどく》ではなくなった皇子《おうじ》サファ、このふたりは、ニワトリの脚《あし》にのった家で旅をした。ふたりのことは、しばらく、ほんのしばらく、置いておこう。

その間に（と猫は語る）、ガイドン皇帝《こうてい》と、皇女《おうじょ》マーガレッタのことを話すとしよう。こういいながらも猫は歩き続け、鎖はかちりかちりと幹《みき》に巻《ま》きついていった。

偉大《いだい》にしてあわれみ深い永遠《えいえん》の統治者《とうちしゃ》、賢《かしこ》く、公平無私《こうへいむし》なる皇帝ガイドンは、病にふせっていた。それも狂気《きょうき》のような熱にうかされていた。医者はひとりとして、皇帝をみようとはしない。もし皇帝が死んだりすれば、その責《せ》めを負うことになるからだ。

皇帝のベッドを取《と》り巻《ま》くようにして、医者たちがふたりずつ、四人ずつ、六人ずつ、かたまっては口をそろえて、打つ手はない、何もしないのがいちばんいい、ゆいいつの望みは臣下の祈《いの》りだけだ、といっている（そのくせ医者たちは、皇帝が死ぬようにと心の中では祈っていた。そうなれば自分たちが何もしようとしなかったことを、皇帝に知られずにすむからだ）。

だが宮殿《きゅうでん》の庭や部屋や調理場で働く奴隷《どれい》たちは、かれらの皇帝が回復《かいふく》することを祈っていた。もし皇帝が死んだら、皇帝が墓《はか》の中でひとりきりにならないようにと、自分たちもいっしょに殺されてしまうかもしれない、と思ったからだ。

廷臣《ていしん》たちも、皇帝の回復を祈っていた。というのも、もしガイドン皇帝が死ねば、新しい皇帝――あるいは女帝《じょてい》が誕生《たんじょう》することになる。もしその新しい皇帝――あるいは女帝に気にいられなかったら、処刑《しょけい》されてしまう、と思ったのだ。確《たし》かにガイドン皇帝も危険《きけん》だが、マーガレッタが女帝になったら、それはさらに危険なことになる。

「もしガイドン皇帝がお亡《な》くなりになったら、サファ皇子を皇帝にいただくべきだ！」廷臣たちはそういいあった。

「サファ皇子をわれらの皇帝に！　サファ皇帝万歳《ばんざい》！　サファ皇子は幼《おさな》く、無知で、これまでずっとひとつの部屋の中ですごしてきた。もし鋭《するど》い剃刀《かみそり》をわたしても、自分を傷《きず》つけることさえできないだろう。もし皇子が皇帝になったら、嘘《うそ》も盗《ぬす》みも、なんでもし放題だ。われわれはまたたくまに金持ちになれる！　もし国民の間から不平不満が出てきたら、それらは全部、偉大《いだい》なるサファ皇帝のせいにしてしまえばいい。皇帝には、われわれが嘘をついていることさえわかりはしない！」

帝だ」

「仲間たちよ」廷臣たちはいいあった。「マーガレッタ皇女ではなく、サファ皇子こそ、われわれの次の皇帝だ」

　そして廷臣たちはひそかに宮殿の兵士たちのところにいき、金をばらまいて、こういいきかせた。

「ガイドン皇帝が死んだら、われわれの側について戦うのだぞ」

　兵士たちは幸せだった。というのも、そのあとすぐにマーガレッタ皇女がやってきて、また金や指輪や帽子飾《ぼうしかざ》りをくれたからだ。マーガレッタはこういってまわった。「これをとるがいい。そのかわり、ガイドン皇帝が死んだときは、わたしの側について戦うように」

　マーガレッタはこういうと、自分の教会にいき、兄が天国で眠《ねむ》りにつくようにと神に祈った。「神よ、どうかわたしを女帝の座《ざ》につかせてください」マーガレッタは祈った。「そのあかつきには、心からあなたにお仕えし、あなたの戒《いまし》めを国中の者どもに守らせます」

　神は自ら助《たす》くる者を助く、という言葉を信じて、マーガレッタは部屋の中で座《すわ》ったまま菓子《かし》を食べて、神がすべてうまくとりはからってくれるのを待っていたりはしなかった。宮殿のあちこちに顔を出して、買収《ばいしゅう》した兵士たちにこういってまわった。「弔《とむら》いの鐘《かね》が鳴《な》り響《ひび》いたら、すぐに駆《か》けつけて、廷臣たちをつかまえておしまい。わたしが女帝になって、おまえたちに次の命令を下すまで、全員をつかまえて、牢獄《ろうごく》に閉《と》じこめておくように」

　マーガレッタは、心にもない約束をしてうまくだませたと思った兵士たちには、もっと高価《こうか》な贈《おく》り物をしていった。「皇帝が死んだらすぐ、塔《とう》の部屋に、わたしの甥《おい》サファのいる部屋に駆けていって、枕《まくら》を顔に押《お》しあてて殺してしまうように。わたしの命令だということは、だれにもいってはならない。わたしが女帝になったら、おまえたちをみな隊長にしてやるからね」

兵士たちはおろかにも、マーガレッタのいうことを信じた。マーガレッタのほうは、いったん命令が実行されれば、兵士たちにそれぞれ墓を贈ろうと考えていた。だが皇帝や女帝がいくら嘘をつこうが、いつの世でも、新しい嘘を信じるおろか者は決していなくなりはしない。

マーガレッタは、味方になりそうな兵士たちに話をしようと、絵の描《えが》かれた雲母《うんも》の窓《まど》からさしこむ薄明《うすあ》かりの中を歩いているとき、何度も廷臣とすれちがった。廷臣たちは買収した兵士たちのところにいって、こうささやいた。

「ガイドン皇帝の死を告げる鐘を耳にしたらすぐ、塔の部屋に駆けていき、サファ皇子を守れ。敵《てき》から守るのだ。そうすれば皇子が皇帝になったとき、領主《りょうしゅ》にとりたててもらえるぞ」

ほかの兵士たちにはこういった。「皇帝の死を知ったらすぐに、マーガレッタ皇女の部屋に駆けていって、切り殺せ。何があろうと、息の根をとめるようにな。そうすればほうびがもらえるぞ」

ガイドン皇帝は、その日の真夜中に息を引き取り、医者たちはそろって胸《むね》をなでおろした。ひとりの医者が皇帝の部屋の扉《とびら》を開け、外にいたふたりの番兵に話しかけ、皇帝の死を告げる鐘を鳴らす命令を下すように、といった。

ふたりの番兵のうち、ひとりは廷臣たちから金をもらっており、もうひとりはマーガレッタ皇女から金をもらっていた。ふたりとも駆けていった――が、それは鐘を鳴らすためではなかった。

ガイドン皇帝の長い治世の間、どこまでも続く廊下《ろうか》をおおっていた静寂《せいじゃく》が久《ひさ》しぶりに破《やぶ》られた。だが静寂を破ったのは、とどろきわたる死の鐘ではなかった。とどろきわたったのは、歓声《かんせい》と叫《さけ》び、長靴《ながぐつ》をはいた足を踏《ふ》み鳴らす激《はげ》しい音、太鼓《たいこ》を軽快《けいかい》に打ち鳴らす音、苦痛《くつう》と恐怖《きょうふ》の悲鳴、笑い声、物を投げつける音、扉を閉《し》めるけたたましい音、扉を打《う》ち破《やぶ》る音だった。宮殿の部屋や廊下に、長年にわたって少しずつ降《ふ》り積《つ》もってきた静寂は、一瞬《いっしゅん》にして消え去った。

マーガレッタの暮《く》らす部屋や廊下で、すさまじい戦いが繰《く》り広《ひろ》げられた。マーガレッタにやとわれた兵士と、廷臣たちにやとわれた兵士との戦いだ。大広間やほかの部屋でも、廷臣を守ろうとする兵士と、つかまえようとする兵士とがしのぎをけずった。

丸天井《まるてんじょう》の部屋に続く狭《せま》い階段《かいだん》では、最も熾烈《しれつ》な戦いが行われていた。ここでは三つの勢力《せいりょく》が争っていた。階段を守ろうとするサファの番兵、道を切り開いて上にいる皇子を殺そうとたくらむマーガレッタの兵士、皇子をとらえようとたくらむ廷臣たちの兵士、このみつどもえの戦いが始まっていたのだ。

喧噪《けんそう》と恐慌《きょうこう》と殺戮《さつりく》のさなか、教会の大きな鐘が鳴りだした。その重々しい音は、戦いのかん高い悲鳴を圧《あっ》して、ガイドン皇帝の死を告げた。

それから都中の教会が鐘を鳴らし始め、さらに遠くの教会が鐘をゆらし始め、ついには国中の教会が鐘《かね》の音《ね》を響かせて、皇帝の死を告げた。ただし、鐘の音は宮殿で行われている戦いや、廊下をうずめていく死については、何も語りはしない。

塔の階段で行われていた戦いが最も激《はげ》しかったにもかかわらず、ここの戦いが最初に治まった。場所があまりに狭いために、相手を攻撃《こうげき》しようとしても、ついほかの人間を傷つけることになってしまうのだ。いかにけんめいに戦おうと、いかに勇敢《ゆうかん》につき進もうと、攻撃する兵士たちは階段を押しもどされ、下の通路に追いやられた。死んだ兵士が次々に下に放り投げられ、死体の防壁《ぼうへき》ができた。

だれもが疲《つか》れはて、ようやく戦いが終わった。

マーガレッタの兵士たちは階段の片方《かたほう》にかたまり、廷臣たちの兵士たちは反対側にかたまり、サファの番兵たちは階段をふさいでいる。

汗《あせ》にまみれ、髪《かみ》を振《ふ》りみだし、息を切らせ、血にそまった兵士たちはたがいをみやった。だれひとりとして戦いを再開《さいかい》したいと思っている者はいないが、それでもみな、自分たちの将来《しょうらい》を考えなくてはならない。

廷臣側の兵士たちの中から、ひとりの若者《わかもの》が出てきた。名はヴァーニャといった。ヴァーニャは剣《けん》を置くと、両手を上げて、戦うつもりのないことを示《しめ》した。

「わが兄弟たちよ」ヴァーニャは、鐘の鳴り響く中、大声で話しかけた。「なぜわれわれはたがいに殺しあっている？　われわれが傷《きず》つく必要などないはずだ。傷つけるなら、皇子を傷つければそれですむ」

兵士たちはみな、階段にいる者まで、耳を傾《かたむ》けていた。

「自分は、皇子を傷つけたいとは思っていない」ヴァーニャは声をはりあげた。「それに廷臣たちから金をもらった仲間も、そんなことは望んでいない。そこの階段にいる番兵たちも、そんなことは望んでいないはずだ。ただマーガレッタのために戦っている仲間だけが、皇子を傷つけようと思っている」

「いや、われわれも皇子を傷つけようとしているわけではない」マーガレッタの兵士のひとりが大声でいいかえした。「枕を顔に押しつけて殺そうと思っているだけだ」

「だが、おまえたちがこの戦いに勝って、皇子を殺したとしよう」ヴァーニャがいった。「そして宮殿にいるわれわれの仲間が、皇女を切《き》り刻《きざ》んだとしよう。そうなったら、おまえたちは、どうするつもりだ？」

階段の番兵と、廷臣側の兵士が声をあげて笑った。マーガレッタ側の兵士は当惑《とうわく》し、激怒《げきど》して、顔を真っ赤にしている。

「そうなるとわれわれ、つまり廷臣側の兵士が皇帝の座を手に入れることになるが、そこに座る皇帝も女帝もいなくなる」ヴァーニャが大声でいった。「そうなれば廷臣たちが、次の皇帝の座をめぐって、たがいに争いを始め、おまえたちは、首をはねられる」

マーガレッタの側の兵士たちは恐《おそ》ろしくなってきたようだ。だがヴァーニャは、階段で笑っているサファの番兵たちにも、鋭い目をむけた。

「そこの仲間たち！　おまえたちは、死者の命令に従《したが》っているんだぞ。あの鐘の音がきこえないのか？　もしガイドンがまだこの国を治めているとしたら、われわれがこんなところで戦っているはずがないだろう。廷臣たちが勝つかもしれないし、マーガレッタが勝つかもしれない。だがひとつだけ確《たし》かなことがある。それは、仲間たちよ――勝者は決してガイドン皇帝ではないということだ」

サファの番兵たちはそろって青ざめ、通路にいた兵士たちは声をあげて笑った。

「ここに倒《たお》れている兵士たちをみろ。われわれの兄弟だ――同じ国に生まれ、同じような貧《まず》しい家で育ち――親はみなちがうが、みな同じ奴隷の息子《むすこ》だ！　それなのにわれわれは、金持ちの廷臣や、皇女や、死んだ皇帝の気にいられようとして、兄弟を殺してきた！　兄弟たちよ、いったいわれわれは何をしているのだ？　われわれを動物のようにこき使う、親戚《しんせき》でもない金持ちのために、殺しあっているだけではないか？」

これをきいて兵士たちは、どの側についている兵士も全員、うなずいた。「では、どうすればいいのだ、ヴァーニャ？」ひとりが声をかけた。それにつられて通路でも、階段でも、どの側についている兵士も、全員が叫んだ。「ヴァーニャ、どうすればいいか、いってくれ」

「ひとつにまとまり、たがいに戦うのをやめる」ヴァーニャが声をはりあげた。「だれが皇帝の座に座ろうが、それはわれわれの知ったことではない。だれが座ろうが、ガイドンと同じで、われわれが奴隷として扱《あつか》われることにちがいはない。それがだれであろうと、兵士は必要なのだから。だから、こうしようではないか。全員で階段をあがっていって、皇子をつかまえる。それからトランプをするのもいいし、世間話をするのもいい、とにかく、だれかが勝つまで高見の見物といこう。もし廷臣たちが勝てば、皇子を無事生きたまま手わたせばいい。われわれはほうびがもらえる。もしマーガレッタが勝てば、皇子を殺して、死体をマーガレッタに贈ればいい。われわれはほうびがもらえる。というわけだ、兄弟たち！」

階段にいた兵士たちのひとり、白い口ひげとあごひげを長くのばした老人が、大声でいった。「皇子はまだ幼《おさな》い。そのうえ気がふれている。そんな者を閉じこめたり、殺したりするのは、はずべきことではないか？」

「はずべきこと、とおっしゃるが」ヴァーニャが叫んだ。「はずべきことなら、数えきれないくらいある。わたしの兄弟のうち三人が、姉妹のうちふたりが、飢《う》えと寒さのために死んだ――これは、はずべきことではないのか。だが皇子も、皇子のおばも、皇子の父も、そのことで涙《なみだ》を流したといううわさは耳にしない。それに、廷臣たちが勝つかもしれない――もし負ければ、皇子を殺すのはわれわれにまかせて、逃《に》げればいい。そして皇子が身内の者の命令で殺されたなどとは、きいたことがない、というふりをしていればいいではないか」

ほかに反対する者はひとりもいなかった。兵士たちは手を握《にぎ》りあい、たがいに抱《だ》きあってキスをした。そしていっしょにせまい階段をのぼっていって、上の丸天井の部屋までやってきた。教会の鐘はまだ皇帝の死を告げており、塔の石は兵士たちの足の下で震《ふる》えている。

踊《おど》り場《ば》や階段につめかけた兵士の前で、部屋の扉の鍵《かぎ》が開けられた。兵士たちがどっと押しよせ、ろうそくを出せ、ランタンを出せと叫んだ。みなの頭の上を、ろうそくやランタンがわたっていった。丸天井の部屋に、そう多くは入れなかった。だが中に入った者もひとりとして、皇子をみつけることはできなかった。

部屋の中の残骸《ざんがい》はひとつ残らず——引《ひ》き裂《さ》かれた壁かけもシーツも——破《やぶ》れたクッションもばらばらになった家具も——こわれたおもちゃも皿も、手つかずの食べ物も——すべて部屋から放り出され、階段からけおとされた。

部屋の中の物はすべて放り出され、部屋はむきだしの木の床《ゆか》とれんがの壁だけになった。が、皇子はみつからない。部屋の中にはいなかった。

兵士たちが仲間《なかま》割《わ》れを始めた。廷臣たちの兵士とマーガレッタの兵士がいっしょになって、番兵たちをせめた。「皇子が逃《に》げるのを助けただろう。かわいそうに思って、逃がしてやったのだろう。どうしてそんなばかなことをしたのだ、兄弟よ。おかげで、われわれ全員に危険がおよぶことになってしまった。皇子をつかまえてもいないし、皇子の死体もないなどと報告《ほうこく》したら、われわれはどうなる？」

サファの番兵たちは、だれひとり皇子を助けたりしていない、と大声でいいかえした。扉に鍵をかけたまま、番をしていたのだ。だれひとり中に入った者も、外に出てきた者もいなかった……が、そういえば不思議な歌声がきこえた……そう、まるで扉が開いたかのような音がしたが……閉まったままだった。

「奇跡《きせき》のようなできごとだったのだろう」さっきの老人が叫んだ。「聖母《せいぼ》マリア様と聖者《せいじゃ》様がいらして、連れていかれたのだ」

「甥がどうなったかマーガレッタに問いただされるときには、おれたちも聖者様に助けてもらえるんだろうな」別の男が叫んだ。

「どうしよう?」兵士たちがたずねた。その声が丸天井の下で響いた。

だれもそんなことを信じてはくれない、と兵士たちはいった。拷問にかけられ、皇子を助けた罪《つみ》で、首をはねられてしまうだろう。だが、助けたりしてはいないのだ! 任務《にんむ》に忠実《ちゅうじつ》に従っていたのだ。それなのに、命令を守らなかったというので、われわれの家は焼かれてしまうことだろう。いったい、どうすればいい?

ヴァーニャ、どうすればいいのだ? 本当のことをいおうか? 真実はいつも、正直な者を助けてくれる。ヴァーニャ、どうだろう?

「真実を語る者は、速い馬に乗らなくてはならない」ヴァーニャが大声でいった。「兄弟たち、思い悩《なや》むのは、まだ早い。もし決着がついているとしたら、どちらが勝ったか——廷臣たちか、マーガレッタか——だれかひとり、いってみてきてほしい。それがわかれば、どうすればいいか、今よりははっきりするだろう。もしよければ、わたしがいってみてこよう」

ほかの者たちは拍手《はくしゅ》をし、ヴァーニャを抱《だ》きしめ、キスをして、握手《あくしゅ》をした。それから兵士たちは石の階段へヴァーニャを送りだし、そのあとは賭《か》けをしたり、うわさ話をしたり、長い話をしたりした。

ヴァーニャは階段を駆けおりて、下に積み重なっている死体の山をとびこした。耳を打ち、建物をゆるがす鐘の深い音が、まだ皇帝の死を告げている。それ以外の音は何もきこえない。宮殿の中は、鐘の音で満ちあふれ、あたかもふたたび静寂に包まれたかのようだった。こみいった廊下を歩いていく間、ヴァーニャはだれにも会わなかった。召《め》し使《つか》いたちは姿《すがた》を隠《かく》しているのだ。

皇女の住まいは、鐘の音が響き、破壊《はかい》のあとが生々しかった。剣の先が壁の羽目板にそのあとを残し、壁かけをずたずたにしている。絨毯《じゅうたん》やクッションや椅子《いす》は血でそまり、部屋には血なまぐさいにおいがたちこめている。足もとには兵士たちのしかばねが重なっている。が、皇女の姿は、生きているにせよ、死んでいるにせよ、どこにもみあたらない。

ヴァーニャはその場を去り、鐘の音の中大広間へとむかった。扉のところまでやってきたとき、鐘の響きとはちがう音——歌声と叫び声と太鼓を打ち鳴らす音がきこえてきた。大広間に入ると、皇帝の椅子に続く階段の下のところに、廷臣たちがかたまっているのがみえた。廷巨たちはみないっしょにくくられており、そのまわりを兵士たちがかこんで、歓声をあげている。

「ヴァーニャ、おおい、ヴァーニャ」兵士たちは声をかけると、ヴァーニャを引っぱり寄《よ》せ、キスをして、酒をついだ。

「われらが女帝のために乾杯《かんぱい》！」兵士たちがいった。「われわれはみなマーガレッタ陛下《へいか》の兵士だ。これからまた、宮殿いっぱいに新しい廷臣があふれるぞ！」

ヴァーニャはマーガレッタ女帝の健康と長命を祈って乾杯をすると、女帝がどこにいるのかたずねてみた。それにはだれも答えることはできなかったが、殺されていないことは確《たし》かだったし、マーガレッタの兵士たちが勝ったことも確かだった。マーガレッタ陛下、万歳！　とこしえまで、この国をお治めくださいますよう！

ヴァーニャはすぐさまそこを去り、急いで塔の上にある丸天井の部屋にもどった。鐘の音がまだ大きく響いている。皇帝の死を告げる鐘の音がこんなにも大きいのは無理もない、とヴァーニャは思った。なにしろ、これはほかの多くの者たちの死を告げる鐘でもあるのだから。

ヴァーニャは息を切らせながら、丸天井の部屋までやってきた。兵士はみな話をやめ、トランプをやめて、体を起こし、知らせをきこうと耳を傾けた。ヴァーニャの口からでた最初の言葉は「マーガレッタ陛下、万歳！」だった。それをきいて、兵士たちはどちらが勝ったのかを知り、うなり声をあげた。

「兄弟たち」ヴァーニャは兵士たちの間に入っていくと、両手を口にあてて、大声でいった。「マーガレッタは皇子の死体をみて、その死を確かめたいというだろう。兄弟たち、われわれのとる道はただひとつ、森に逃《に》げこんで、山賊《さんぞく》になる以外にない」

そくざに、反対の声があがった。トランプや帽子が下にたたきつけられ、長靴が床を踏《ふ》み鳴らした。

「森の中でブタみたいに餌《えさ》をあされというのか？　そんなみじめな生活ができるか！」

「わしらはどうなる、わしら年寄《としよ》りは？　森は寒く、湿気《しっけ》が多い」

「寒いだと、湿気が多いだと？　冬の森はそんなまやさしいものじゃない」

「兄弟たちよ、山賊の暮《く》らしがどんなにみじめなものかは知っているつもりだ」ヴァーニャがいった。「だが、生きてはいられる。今すぐ、走ることのできる足のあるうちに、ここを去るべきだ」

兵士たちはふたたび言い合いを始めたが、ヴァーニャは立ち上がって叫んだ。「兄弟たち――われわれはみな皇帝の兵士だ。ということは、みな寒さも飢えも、つらい生活も、ようく知っているはずではないか。何を今さら、わずかばかりの雪や雨に不平をいう？　われわれはみな奴隷だ。ということは、みんなして助けあっていけば、大海の中の小岩の上でさえ、生きていけるということだ。何を恐れる？　妻《つま》や子のいる者は、急いで連れていくか、あとからついてくるようにといってくればいい。残りの者は、いっしょにいこう」

ほとんどの兵士が立ち上がって、ヴァーニャに従った。宮殿の調理場に走っていって、袋《ふくろ》に食料をつめこむ者もいれば、馬屋や裏庭《うらにわ》で薪《まき》や斧《おの》や馬を調達する者もいれば、粗末《そまつ》な家に、家族のもとに駆けていく者もあった。

二時間もたたないうちに、ヴァーニャの一団《いちだん》は、馬と子どもと妻と、あとに残すわけにはいかない老人たちを引き連れて、森へと出発した。森で、無法者として、逃亡《とうぼう》奴隷として、山賊として生きていくために。

ヴァーニャたちの旅は、しばらく置いておくことにしよう。といっても、これきりというわけではない。ヴァーニャの仲間たちのうち、あとに残ったのは三人だけ。年をとりすぎて森で暮らすことができなかったのだ。

「冬を越《こ》せるだろうか？」三人はたがいにいった。「森の一月のほうが、マーガレッタ様よりずっとむごそうだ」

というわけで、三人は仲間たちと別れて、大広間でくり広げられている宴会《えんかい》に加わり、酒を飲んで酔《よ》っ払《ぱら》った。

さて、マーガレッタ皇女はいったいどこに隠《かく》れて死をまぬがれたのだろうか？　それを知る者はひとりもいない。だからこそ、だれにもみつからなかったのだ。兄の死の翌日《よくじつ》、マーガレッタは大広間に出向き、階段をのぼると、クジャクの尾羽根《おばね》のような背《せ》の椅子の前に立ち、腰《こし》をおろした。マーガレッタが座ると、耳をつんざくばかりの、雷鳴《らいめい》にも似《に》た鐘の音がやんだ。兵士たちは階段のまわりに集まり、新しい女帝のために万歳を三唱した。

「わたしの子どもたち、わたしを愛してくれて、ありがたく思います」マーガレッタは兵士たちに話しかけた。「ですが、この日より、沈黙《ちんもく》の掟《おきて》を守るように。神はわたしに勝利をお与《あた》えくださいました。わたしこそ、女の姿をした地上の神。この女神《めがみ》が、野蛮《やばん》な音によってけがされることのないように」

深い沈黙がおり、宮殿じゅうに広がっていった。

「わたしが即位《そくい》して最初の仕事は、兄のかかえていたくずどもを片《かた》づけること」マーガレッタは、くくられた廷臣たちの一団を指さした。「わたしの子どもたち、勝利は目前です」マーガレッタは兵士たちにいった。「その者どもを連れ出して、首をはねなさい。そして太陽が沈《しず》むまえに、目にふれることのないよう、埋《う》めておしまい」

マーガレッタは兵士たちがその任務に振りあてられるのをみていた。兵士の一隊が廷臣たちをののしりながら部屋から引きたてていった。

あとに残った兵士と貴族《きぞく》たちは、口をつぐんで、ひとこともしゃべらない。まるで死神になでられたかのようだ。

マーガレッタは椅子から下をながめ、満足そうに大きな椅子のひじかけを軽くたたいた。

「大臣の後任《こうにん》を決めるのはそのうち。わたしを最も喜ばせ、わたしに最も忠実に従ってくれる者を吟味《ぎんみ》して選ぶ時間ができてからにしましょう」マーガレッタがいった。「ですが、そのまえに、もっと楽しい仕事をすませましょう。長いこと閉じこめられていた、あのかわいそうな甥を解放《かいほう》してやらなくては。甥を部屋から出すようにと兵士をつかわしたのだが、あの者たちはどこにいった？　甥はどこにいる？」

マーガレッタ皇女は母親のような笑《え》みをたたえて、だれかが前に進み出てそれに答えるのを待った。だが、進み出る者はない。ヴァーニャの一団から抜《ぬ》けてきた三人の老人は、震え始めた。

「どうした？　命令を下したはずだが？　甥はどこにいる？」マーガレッタがたずねた。

だれもが床をみつめたまま、口を閉じている。

「今すぐに、目の前に、甥を連れてくるのだ！」マーガレッタは怒鳴《どな》りつけると、椅子のひじかけを激《はげ》しくたたいた。

三人の老兵はたがいの耳にささやきあい、椅子に続く階段のほうへゆっくり歩いていった。そしてぎくしゃくしてひざまずくと、頭をさげて顔を絨毯に押しつけた。三人のうち最も勇気のある者がいった。「女帝陛下、どうかわれわれを罰《ばっ》することのなきよう。われわれが話すことをおゆるしください」

マーガレッタが手をふって合図すると、隊長が声をはりあげた。「話せ！」

「偉大にして、慈悲《じひ》深《ぶか》き女帝陛下」老兵がいった。「われわれの受けたご命令は、殺すようにとの……」

「どういう命令ですって？」マーガレッタがぴしゃりといった。

兵士は年老いているうえに頭が混乱《こんらん》していた。「ご命令は——皇子を殺すようにと——枕で押し……」

マーガレッタは椅子に座ったまま、体をのり出した。「だれが甥を殺すように命令しました？　このわたしが、そのような命令を下すはずがない。そのような命令を下した者の名をいいなさい。首をはねさせましょう」

だれにでも嘘とわかるわざとらしい嘘ほど、頭の単純《たんじゅん》な人間をまごつかせるもの。老兵はいいよどみ、口ごもった。別の老兵があわてて口を開いた。

「陛下、甥ご様をさがしにまいったのでございますが生きていらっしゃるにせよ、死んでいらっしゃるにせよ、どこにもお姿がみあたらなかったのでございます。丸天井の部屋は鍵がかかっていたのですが――開けてみると、中は空っぽでございました」

皇女は椅子に座ったまま凍《こお》りついた。顔をあげて皇女の顔をみる勇気のあった者には、その顔がさっと白くなるのがみえた。

「そこの三人は」皇女は老兵を指差した。「わたしの甥がどうなったのか知っているはず。甥は誘拐《ゆうかい》されたのだ。そこの三人は居場所《いばしょ》を知っているにちがいない。その者たちを連れていって拷問にかけよ！　真実を引き出せ。甥を連れもどさなくてはならない」

皇女はそれから、新たに選んだ自分の住まいにおもむいた。新しい部屋の壁は、全面に琥珀《こはく》がはられている。

三人の老兵は、それよりもずっと大きな部屋、宮殿の拷問部屋に連れていかれた。そこで三人は事実のほかに、考えつくあらゆる作り話を並《なら》べたてた。そして何度か、森で一月をすごすことにすればよかったといった。だがなにをいおうと、三人の話を信じる者はなかった。

三人の兵士の言葉はすべて書きとめられ、琥珀の壁の部屋にいるマーガレッタのところに持っていかれた。

何部隊分もの兵士たちが都や田舎《いなか》をさがし歩き、人々をおどしながら、サファ皇子の形跡《けいせき》か手がかりがないかとたずねまわったが、どちらもなかった。

マーガレッタは時々、サファなどという名の皇子はいなかったような気がすることがあった。皇子などみたこともなかったし、丸天井の部屋は昔から、空っぽのままだったのではないかという気がするのだ。だが夜になると、全身が凍りつくような恐怖を感じて目を覚ますことがよくあった。皇子に頭から王冠《おうかん》を取りあげられ、皇帝の椅子から階段の下につき落とされる夢《ゆめ》をみるのだ。マーガレッタは表面をとりつくろってはいるものの、皇子の死体をみて、皇子が死んだことを確《たし》かめたかった。

マーガレッタは国中におふれを出した。

そのおふれには、このように書かれてあった。女帝はいとしい甥のことで不安と悲しみに打ちひしがれている。

神と自由と平和を憎むよこしまな者どもが、かわいそうな皇子をさらい、神によって選ばれた聖《せい》なる女帝の代わりに皇帝にしたてあげようとしているのではないかと、不安でたまらない。

そのようなことになれば、不幸が降《ふ》りかかり、この国は恐ろしい戦いの渦《うず》にまきこまれてしまう。何千もの人々が殺され、何千もの人々が家から追い出され、何千もの人々が飢えと寒さで死んでしまうだろう。

忠実なる国民たちに頼《たの》みがある。どうか、全力をつくして、あわれで無邪気《むじゃき》な皇子を、女帝のいつくしみの腕《うで》に連れもどしてほしい。

そうすれば、戦いも起こらず、苦しみもないことだろう。

国中の百万もの人々が、このおふれを耳にした。が、だれひとり信じる者はいない。

「幼い皇子の居所《いどころ》を知らない者がいるとでも思っているのだろうか?」人々はたがいにいいあった。

「そんなことくらい、赤《あか》ん坊《ぼう》でも知っている。皇子は墓の中だ。あの聖なる女帝が殺させたに決まっている」

もしチンギスがいなかったら、みんなのいうとおりになっていたことだろう。

第七章
森の兵士

金の鎖《くさり》につながれて、木のまわりを歩きながら語っているのは、一匹《ぴき》の猫《ねこ》。

もちろん、サファ皇子《おうじ》は墓《はか》の中にいるわけではない（と猫はいう）。チンギスという魔法使《まほうつか》いに、弟子《でし》として連れていかれたのだ。さて、そのふたりのことを、これから話そう。

サファにとって、世界には驚《おどろ》くほど多様なものがあり、驚くほど美しいものがあった。そしてその驚きは、やむことがなかった。

サファは生まれてからこれまでずっと、静まりかえった宮殿《きゅうでん》の暗く小さな部屋ですごしてきた。五歩も歩けば壁《かべ》にぶつかるような部屋で。

それが今、空間は光をおび、上にもまわりにも広がり、歩数では測《はか》り切れないほど遠くまで続いている。

サファは近くに浮《う》かんでいる細かいちりが、はるか上のほうで――いったいどのくらい離《はな》れているのだろう?――うなりをあげながら漂《ただよ》っているちりのかたまりと、いっしょになって小きざみに震《ふる》えているのを感じることができた。

サファは頭をあげるたびに、容赦《ようしゃ》なくまわりに広がる壁のない空間に、目のくらむ思いをするのだった。以前サファは、マリエンのことを、自分とはまったくちがう人間だと思っていた。そしてその表情《ひょうじょう》にも気持ちにも、強くひかれた。それにチンギスが加わった。チンギスのあの気持ち、あの知識《ちしき》、あの変わりやすさ――もうこれで、驚くようなことはないにちがいない。サファはそう考えた。

ところが、そうではなかった。何十人もの女が、いや、数えることも、おぼえることもできないくらいたくさんの女がいて、それぞれがみなちがった顔、ちがった声で、その時々で気持ちも変われば、考え方も変わる。どうして、こんなにちがうのだろう?

兵士でない男がいる。宮殿の召《め》し使《つか》いでさえないのだ。

そのうえ、男、女という呼《よ》び名《な》にあたらない者までいる。子どもは、少年とか少女と呼ばれる。同じ生き物だが、どこかちがっている。いや、人間はひとりひとり、みなちがっているらしい。サファはそんなことを長い間考えているのに耐《た》えられなかった。疲《つか》れてしまうのだ。

サファはマリエンから森のことをきいて、森というのはきっと、からみあった刺繍《ししゅう》や輝《かがや》くスパンコールでできているのだろうと思っていた。

土ぼこりにまみれて、うすよごれた本物の木の生えている森を見飽《みあ》きた人の目には、そういった絹《きぬ》や金《きん》属《ぞく》の糸で縫《ぬ》いとられたきゃしゃな植物のほうが美しく魅力的《みりょくてき》にみえるだろうが、サファにとってはそうではなかった。本物の木の大きさ、重量感、生命力、におい、上にむかってまっすぐにのびている様に圧《あっ》倒《とう》され、頭の中が空っぽになり、全身が喜びで満ちあふれた。一本一本ちがう木がどこまでも続き、大地は何百年にもわたって落ちた枯《か》れ葉《は》や枝《えだ》に厚くおおわれている。

本物の、ごく普通《ふつう》の森は、サファの想像《そうぞう》をはるかに超《こ》えていた。

花の種類も無数にあった。魚も鳥も一種類ではなく、魚と鳥は驚くほどちがっていて、魚を鳥とみまちがうことはなく、鳥を魚とみまちがうこともなかった。それでいて、飛ぶ魚もいれば、泳ぐ鳥もいるのだ！

どれひとつをとっても、すべてちがっている。光は、朝、昼、夕と変わっていくし、雲が太陽を横切るたびに、刻一刻《こくいっこく》と変わっていく。屋根のないところの闇《やみ》は、サファがそれまで暮《く》らしていたところの闇とはちがい、光と同じくらいしょっちゅう、その濃《こ》さを変える。

顔にふれる空気の感じも変わるし、空気が鼻に運んでくるにおいも変わるし、空気が伝える音も変わる。斧《おの》の音も、夕方にきくのと真昼にきくのとではちがうし、遠くできくのと近くできくのとでもちがう。

サファは弟子としては、できが悪かった。物それぞれのあまりのちがいに目を見張《みは》るばかりで、何もおぼえられないのだ。以前サファの中で、丸天井《まるてんじょう》の部屋から逃《のが》れたいと叫《さけ》び続けていた心は、今は内にむかって、終わることのない驚きを歌い続けている。チンギスはいつもその歌に耳を傾《かたむ》け、そこから新しい音楽を学び、魔法使いさえ当然と思いこんでしまうようなことを、新たに見なおすことを学んだ。

しかし、このへんで（と猫は語る）、クズマのことを話すとしよう。

魔法使いクズマのことをおぼえているだろうか？　はるか北の地に住んでいて、氷のリンゴをつみとる男のことを。

クズマはチンギスをねたみ、恐《おそ》れていた。チンギスがあまりに賢《かしこ》い魔法使いだったからだ。クズマはチンギスの様子を魔法の鏡でさぐった。チンギスが読んだり書いたりするのをみると憎《にく》しみではちきれそうになった。チンギスが知識と力を身につけていくのがわかったからだ。そしてチンギスがすばらしい魔法使いになって、自分など足元にもおよばなくなってしまうのではないかと、恐れていたのだ。

クズマは恐怖《きょうふ》と怒《いか》りにさいなまれていた。小娘《こむすめ》同然のチンギスが、とてもできそうもないことをなしとげて、弟子を持つようになったのだ。それも男の弟子を！　それも生まれて何年もたった男の子だ！

クズマには、なぜチンギスがそのようなことをしたのか理解《りかい》できず、魔法使いの掟《おきて》を破《やぶ》ったことに腹《はら》を立てていたが、それと同時に、チンギスがこれまでの魔法使いにできなかったことを、しとげるのではないかと恐れてもいた。

だからチンギスの弟子ができが悪く、ごく簡単《かんたん》な魔法の言葉ひとつおぼえられないのをみて、喜んでいた。だが、チンギスがそれをみても怒《おこ》りもせず、ひたすら自分の本に何かを書きこんでいるのをみて、首をかしげていた。

クズマは鏡をのぞきこんでチンギスが寝《ね》たのを確《たし》かめると、自分の心をチンギスの家の中に送りこんだ。クズマの心はチンギスの机《つくえ》のそばに立って、本のページをめくった。そして、あのできの悪い弟子からチンギスがどんなに多くのことを学んだかを知り、そこに書かれていることの多くが、自分には理解できないことを知った。クズマの心は、不安におののきながら、あわてて元の体にもどった。

夏がすぎた。日は短くなり、寒さは日に日にきびしくなっていった。霜《しも》がおり、大地はかたく身をこわばらせ、白くおおわれていった。氷が木々のこずえできしみ、チンギスの家まできつく抱《だ》きしめるようになった。さらに寒くなり、雪が降《ふ》り始めた。

雪は降りしきり、サファの膝《ひざ》あたりまで積もった。これほどたくさんの雪があるとは！　粉のような雪が全世界の大地を厚くおおっている。

樹液《じゅえき》は凍《こお》りつき、クマはずっとまえに眠《ねむ》りにつき、カモは飛び去っていた。そして人々は腹をすかせている。

あの兵士たちのことをおぼえているだろうか？　サファがいなくなってしまったという知らせを持って女帝《じょてい》のところにいくよりはと、宮殿を逃げだした兵士たちのことを？　さあ、きくがいい（と猫は語る）、これからその兵士たちのことを話そう。

兵士たちは、家族を連れて森にやってきた。そしてひどくつらい日々を送っていた。なんとか生きのびてはいたものの、あまり先まで生きていけるみこみはなかった。もちろん冬を恐れていた兵士たちは、冬の寒さをしのぐことができるようにと、必死になって家を、大きな家を三つ建てた。

ところがそれに手間どってしまったために、何カ月もの暗く寒い季節をすごすための食料をたくわえる時間も人手もなくなってしまったのだ。そのうえ、家のストーブはたいして役に立たなかった。というのも、ストーブを作りつけるには技術《ぎじゅつ》が必要で、だれにでも簡単にできるわけではないのだ。かれらにとって冬はあまりに早くきすぎた。人々は飢《う》えていた。

男も女も狩《かり》りにでたり、罠《わな》を使ったり、地面を掘《ほ》ったりして、手あたり次第《しだい》に獲物《えもの》をつかまえた。しかし深い雪の中での仕事は寒く、ひもじく、疲れるものだ。そのうえ、毎日獲物がとれるわけでもない。人々は次第にやせて、体力がなくなり、長く働くことができなくなった。人々は飢え始めた。細長い三つの家は暗く、その中でみんな横になったまま、かぼそい自分の心臓《しんぞう》の鼓動《こどう》をきき、わずかばかりの食料を口にしながら、あとどのくらい生きていられるだろうかと考えていた。

体は弱り、さらに弱っていったが、森にやってきた人々の体に宿った心の多くは、生命力に満ち、力強く、怒《くる》り狂っていた。心は体から離れたくなかった。恐れていたのだ。心はひっきりなしに叫び、迫《せま》りくる死にたいして怒り、わめきたてていた。また、老いて疲れはてた者たちの心も、まだ活力を持った者たちの声の下で、途切《とぎ》れることなく悲しげにすすり泣いていた。

この心の合唱は国中の魔法使いたちにきこえていた。きこえないはずがないのだ。だがみんながみんな、耳を傾けようとしたわけではない。

しかしチンギスはこれをきいて、耳を傾けた。

チンギスはサファにいった。「ねえサファ、まえに住んでいた場所をおぼえてる？　扉《とびら》のむこう側に立っていた兵士たちをおぼえてる？」

「おぼえてるよ」サファがいった。

チンギスはサファの手をとっていった。「きいてごらんなさい！」

サファは耳をすました。ひとつの音がきこえた。それは今までにきいた音とはちがっていた。それはほんのかすかな音で、音とも呼べないようなものだったが、サファはきいているうちに不安になり、チンギスの手から自分の手を抜《ぬ》きとった。

「死をさとった者たちの心の叫びよ」チンギスがいった。「魔法使いにはいつもきこえているの。でもあの人たちの死は、わたしが招《まね》いたもの。何かひとつを変えると、それにまつわるあらゆることが変わってしまう。サファ、あなたをあの牢獄《ろうごく》から連れ出したとき、わたしはあの人たちを死にむかって押《お》しやってしまった。あの人たちも助けてあげなくちゃ」

「そうだね――。助けてあげようよ」サファがいった。サファにはよくわかっていなかった。わかったのは、チンギスの話している人たちの心は、暗く狭《せま》い場所に閉《と》じこめられていて、そこから助けだしてほしいと泣《な》き叫《さけ》んでいる、ということくらいだ。「外に出して――ぼくらといっしょに暮らせるようにしてあげてよ」

　考えこんでいたチンギスはわれにかえり、サファに笑いかけた。「あの人たちは、わたしたちといっしょに暮らしたいとは思わないでしょう。でも、そうね、助けてあげなくちゃ。家から太鼓《たいこ》を持ってきてちょうだい。それから塩の入った鉢《はち》も。あの人たちに食べ物をさがしてあげなくちゃ」

　サファは家を追いかけていった。家はニワトリの脚《あし》で散歩に出ていて、地面をひっかいている。サファは家に入って、大きくて平たい太鼓、ゴーストドラムを取り、大きな箱から、すりつぶした岩塩の入った鉢を取り出すと、チンギスのところへ持っていった。チンギスはそれを受けとると、雪の上に塩をまいて大きな輪を作った。塩は雪をとかし、輪の形の深い溝《みぞ》ができた。ふたりはその輪の中にいた。チンギスは雪の上にあぐらをかいて座《すわ》り、膝に太鼓をのせた。サファはそばに膝をついている。

「輪の中にいるのよ」チンギスがサファにいった。「何をみようと、何をきこうと、口を開かないで、この輪の中にいるようにね」

　サファはうなずいた。サファはよく心得ていた。チンギスは大切だと思っていることしか口にしない。口にすることは大切だと思っていることだけなのだ。だからサファはひとこともしゃべらず、身動きもせず、全身を目と耳にして、チンギスが輪の中に呼び出すものを待ちかまえていた。

チンギスは太鼓をたたき始めた。それは質問《しつもん》をするときにいつも使う単調で規則的《きそくてき》なたたき方ではなく、リズミカルで、迫力《はくりょく》のあるたたき方で、サファがそのリズムをおぼえたと思ったとたんに、リズムが変わった。

チンギスは声をはりあげ、声の調子を上げ下げしながら、太鼓の音に織《お》りまぜていった。チンギスは何かに呼びかけていた。サファは首をひねって、いったい何者がその声にこたえるのだろうかと、冬の闇と森の影《かげ》の中をのぞきこんだ。サファの肌《はだ》にふれていた空気と闇の感触《かんしょく》が変わった。冷たくなり、何かが近づいてきた。サファは輪の中からでないようにしてはいたものの、恐ろしくてチンギスにぴったりくっついた。

いくつもの影が輪のそばに集まってきた。その影は、雪が降りしきる夜の輝く闇をたずさえて、ゆらゆらとやってきた。

オオカミに似《に》た、細長い布切《ぬのき》れのような影がせわしく輪のまわりをまわっている。オオカミのいやなにおいがサファの鼻をついた。ぞっとするような冷気が顔をなでる。

みあげるように大きなクマの影がのっそりとやってきた。ふさふさした毛は波立つたびにきらめき、まるで雪の星が厚《あつ》い毛皮に宿ったかのようにみえた。

それから鳥やシカの影が、ゆれながら形を変えながらやってきた。魚の影までが空中を泳いでやってきた。わき腹《ばら》の雪の鱗《うろこ》が輝いている。

チンギスは影たちに話しかけた。それは、無心になればサファにもわかる言葉だったが、全部がわかるわけではなかった。チンギスは影たちに、体が死にかけて恐怖に泣き叫んでいる心が、遠くないところにいることを話した。

「おまえたちの中に、年老いて痛《いた》む体にとらわれている者たちがいれば教えてちょうだい」チンギスは影たちにいった。「もしその者たちが自分の体を、あの飢えている人々に与《あた》えてくれるなら、わたしがお礼に安らかな死をあげましょう。死の世界に導《みちび》いてあげましょう。死がその者たちに恐怖をもたらすことはないわ」

動物たちの立てる音や、うなり声や、咳《せき》ばらいや、鼻を鳴らす音はかすかにきこえるだけだが、動物たちの影はサファのすぐそばにいる。クマの影が立ち上がり、ふたりの上におおいかぶさってきた。星のような氷が――いや、本物の星かもしれない――毛皮の中でゆれている。

その影はチンギスにむかって、低い声で遠くから話しかけてきた。サファにはほとんどききとれない。そもそも理解できる言葉ではなかった。

チンギスが答えると、またクマがしゃべった。サファには、ふたりが眠たそうな声でしゃべっているような気がした。そのうち、塩の輪を取《と》り巻《ま》いている寒さと、乾燥《かんそう》しきった、息のつまるような寒さのために、自分まで眠くなってきた。サファはチンギスの肩《かた》に頭をあずけて、目を閉じた。そのとき、チンギスが鋭《するど》く、高らかに太鼓を打ち鳴らした。人を夢《ゆめ》からさます音、現実《げんじつ》の外からふいに鳴《な》り響《ひび》く音のようだった。サファの頭がチンギスの肩からはねあがった。サファの目には、ちらりと動物たちの影が映《うつ》ったが、それはあまりに速く闇の中に溶《と》けていったので、本当にみえたのかどうかさだかではなかった。

ニワトリの脚にのった家はそう遠くないところにしゃがんでいる。チンギスは先に立って家のほうに歩いていった。ふたりは中でストーブの上にのって体を温めた。

「しばらくの間、あなたを置いていくことにするわ」チンギスがいった。「あごの砕《くだ》けた年寄《としょ》りのクマをみつけたの。痛みと恐怖をやわらげて、死の世界に導いてやらなくちゃいけないの。だめ！」チンギスは、サファがいっしょにいきたいといいだそうとするのを察していった。「あなたは死の世界に近寄ってはだめ。そのかわりに、わたしの仕事をしててちょうだい。この家といっしょにここにいて、火をたやさないようにしてほしいの——決してこの家を飢えさせないようにね。なまけたりすると、怖《こわ》いわよ！　白い鳥がやってきて、屋根にとまって呼びかけるまで、ここにいてね。やってくるのは頭から尻尾《しっぽ》まで真っ白な鳥で、あなたの名を呼ぶはず。その鳥についていらっしゃい。あなたの部屋の番をしていた兵士や、兵士の家族たちのところに連れていってくれるから。そうしたら兵士たちを家から呼び出して、食べ物がある、というのよ。それからまた鳥のあとを追っていけば、わたしとクマのいるところにこられるはず。さあ、いわれたことをくり返してみて」

サファが全部をくり返すと、チンギスはサファにキスをして、ゴーストドラムを手に、でかけていった。

暗く長い二日の間、サファはひとりきりで留守番《るすばん》をしながら、火をたやさないようにして、壁にかかっているほかの太鼓や笛をいじったり、読めもしない本のページをめくったりして遊んだ。

大きな箱の下のほうに、チンギスが着ているような魔法使いの長いローブがあるのをみつけた。刺繍のしてある高い帽子《ぼうし》もあった。サファはローブを着て、帽子をかぶってみた。

空腹《くうふく》になると食事をして、自分にむかって話しかけたり歌ったりした。そのうち、外の闇の中から自分の名が調べにのってきこえてきた。「サファ！　サファ！」

雪の中に出てみると、木の屋根の彫刻《ちょうこく》のほどこしてある角に鳥がとまっていた。鳥は真っ白で、闇の中で鈍《にぶ》く輝いていた。鳥はさえずっている。「サファ！　サファ！」

「きこえてるよ」というサファの声をきくと、鳥は屋根から森の中へ飛んでいった。サファは鳥のあとを追った。深い雪に足を取られ、しょっちゅうよろめいた。

　闇の中で鳥を見失うこともあったが、鳥がそばの木にやってきては名前を呼んでくれたので、またみつけることができた。こうして鳥は森の中の村へとサファを導いていった。

　三軒《げん》の家の中では、兵士とその家族が飢えて死にかけていた。鳥は最初の家の屋根に飛んでいって、戸のすぐ上にとまった。サファは木の戸を体で押すようにして中に入った。

　家の中はとても暗く、ストーブの開いた口にみえる火が、闇の中にくすんだ光をわずかに発しているだけだ。その闇のなかで、ぐったりと座ったり横になったりしている人たちは、入り口の戸が開いて閉《し》まるのをきき、だれがやってきたのだろうと、ぼんやり考えた。夢の中の音だと思った者もいた。が、すぐ部屋の戸が開き、すっくと立った影が、人々の間にやってきた。

　それでもまだ何人かは夢をみているのだと考えた。くすんだ光の中で、人影《ひとかげ》がまとっている長いローブのビーズやコインや貝殻《かいがら》がきらめいている。ストーブの近くの女が薪《まき》を炎《ほのお》の中に突《つ》っこんで先に火をつけると、松明《たいまつ》代わりにかざした。踊《おど》る火の光で一瞬《いっしゅん》、訪問者《ほうもんしゃ》の姿《すがた》が浮かびあがり、そしてまったくみえなくなった。それからまた浮かびあがり、みえなくなった。そのゆらめく光の中に浮かぶものをみた者たちは、震えあがった。

　それはビーズの縫いとりと飾《かざ》り房《ふさ》のついた長いローブ、それも魔法使いのローブをまとい、風変わりな帽子をかぶり、ごついミトンをはめ、底の厚いブーツをはいていた。ブーツはやわらかく、全体に北国特有の刺繍がほどこされている。北国の魔法使いの服装《ふくそう》だということは、一目でわかった。それからさらに恐ろしいことがわかった。ひとりの老兵がいきなり、火のついた薪を取りあげると、訪問者のほうにつきつけたのだ。

何年も丸天井の部屋の番をしていたこの兵士は、声をあげた。「これは、サファ皇子の顔だ！」

ほかの者たちも、サファ皇子の顔だということがわかると、「幽霊《ゆうれい》だ」と口々にいった。

「なぜ、ここにきたのです？」薪を持った老兵が声をはりあげた。

「みんなを連れに」サファが答えた。

人々の間から、たとえようのない恐怖のうめきがあがった。この幽霊は、この北国の魔法使いは、冬の闇の中からやってきて、われわれの心を連れていってしまうつもりなのだ。

「この近くに、食べ物があるんだ」サファがいった。「いっしょにおいでよ。あの鳥が連れていってくれるから」

食べ物があるときいて、よろよろと立ち上がった者たちは、ほかの連中に引っぱられて、また座りこんだ。恐怖と希望の低い声が泡《あわ》のように立ちこめた。「あんなやつを信用できると思っているのか。他人の顔を盗《ぬす》むようなやつを」そんな声がきこえる。ほかの声もきこえる。「信ずる者は、救われるというぞ」

サファは、なぜみんながすぐについてこようとしないのかわからず、こまって立ちつくしていた。人々はサファを殺すか、追《お》い払《はら》うか、それとも慈悲《じひ》にすがって命ごいをするか、いい争っている。

そのうちだれかが、ヴァーニャを呼んできてはどうか、といいだした。全員が賛成《さんせい》した。ヴァーニャに宮殿から連れ出されたおかげで、このようなひどい目にあっているのだ、これからどうするかは、ヴァーニャにまかせればいい。というわけで、ひとりの少年が使いに出された。別の家からすぐに、ヴァーニャを連れてくるようにというのだ。

ヴァーニャは、皇子の幽霊がやってきてみんなを悩《なや》ませているときくと、雪に足を取られながら、もがくようにしてその家にやってきた。そして訪問者のそばにいって、じっとみつめた。

ヴァーニャの顔は飢えのせいで、頬《ほお》の落ちくぼんだところが影になり、鋭くつき出した骨《ほね》のあたりだけが光に浮かびあがっている。「わたしたちをとり殺しにやってきたのですか?」ヴァーニャがたずねた。「あなたを殺したのは、わたしたちではありません。わたしたちを責《せ》めるのは筋《すじ》ちがいです」

「食べ物がほしいんだろ」サファがいった。「いっしょにくればいいよ。食べ物があるところに連れていってあげるから」

「ヴァーニャ、どうすればいい?」人々がたずねた。「これは罠か?　こいつを殺したほうがいいのか?　だが、いったい殺せるのか?」

「食べ物のあるところに連れていってくれるというが」ヴァーニャがいった。「なぜ、助けてくれるのです?」

「ぼくが丸天井の部屋にいたからだよ」サファがいった。

「皇子にちがいない!」人々は口々にいった。「あれをきいたか?」

「おそらく、われわれを助けにきてくれたのだ」みんなはささやきあった。

「死者は生きている者を助けに、もどってくるというではないか」

「そういえば、皇子の母親もわれわれと同じ奴隷《どれい》だった。后《きさき》になるまではな——ほら母親そっくりだ!」

「あの顔をみてみろ」ほかの声がささやいた。「よこしまなところなど、どこにもない。邪悪《じゃあく》な幽霊などではないぞ」

「では、なぜ魔法使いの衣装《いしょう》をまとっている?」だれかがたずねたが、だれもそれには答えられなかった。みんな黙《だま》りこんだ。そしてヴァーニャが、どうするか決めてくれるのを待った。

サファはミトンをはめた手で、ヴァーニャの手を取った。「いっしょにくれば、クマのいるところに連れていってあげる。食料にできるよ」

ヴァーニャはサファを信用することにした。「温かい着物と武器《ぶき》を持っている者は、いっしょにきてくれ。さあ、幽霊の皇子、連れていってください」

こうして、元気の残っている者たちは、温かい着物と、武器という武器をかき集めて家をでると、サファのあとをついていった。白い鳥が家の屋根から舞《ま》いあがり、飛んでいきながら「サファ! サファ! サファ!」と呼びかけた。

森の中、先を飛んでいく鳥をサファが追いかけ、サファのあとを人々が追っていった。みんなはますます、自分たちを導いているのは幽霊か、魔法使いがさしむけた悪魔《あくま》にちがいないと思った。こんな鳥はみたことがなかったのだ。真っ白で、しみひとつなく、人々が追ってくるのを待ってくれたり、それに何より、みんなに居場所《いばしょ》を知らせようと、人間の言葉でサファの名を呼んでいる! もしこれほど飢えていなければ、逃げ帰《かえ》ったところだ。

鳥とサファは雪の中を遠くまで、人々を導いていった。飢えと寒さで弱っていた兵士たちは疲れはてて、足をもつれさせ、倒《たお》れ始めた。そのときふいに鳥が舞いおりてきて、雪の中に横たわっている大きくて黒い物の上にとまった。そこにはサファが約束したクマの死骸《しがい》があった。何人かが疲れた足をあげ、クマの死体にむかって駆けだそうとして、突然《とつぜん》立ち止まった。ブーツのかかとが雪を舞いあげた。鳥がクマの死体から飛びたち、少し離れたところにいるひとりの女の肩にとまったのだ。

冬の暗さの中で、よくみえなかったが、女が高い帽子をかぶり、房飾りのついた丈《たけ》のあるローブを着ているのはわかったし、女が背中《せなか》にかけているのが、大きくて丸くて平たい太鼓だということもわかった。魔法使いだ。自分たちをここまで連れてきた悪魔の主人。そしてそのむこうで、木々の間にしゃがんでいるのは、魔法使いの家だ。家はニワトリの脚を持ち、窓《まど》には明かりがともっている。人々は小さくかたまって、たがいに手や腕《うで》をとりあった。

魔法使いは手をあげて、悪魔をそばに呼んだ。そして兵士たちが恐る恐るみていると、何やら悪魔にささやいた。

皇子の顔をした悪魔はみんなのほうを振《ふ》りむいて、声をはりあげた。「チンギスはこういっているよ。そのクマを持っていって、食べればいい。そのクマの霊がとりつくことはないって。年を取って病気だったから、喜んで死んでいったって。チンギスがいってるよ、これから先のことは心配しなくていい、冬の間ちゃんと面倒《めんどう》をみてあげるって」

魔法使いと悪魔は手をつないで闇の中を、家のほうへ歩いていった。悪魔は何度も振り返っては、にこにこして手をふった。だが魔法使いのほうは一度も振り返ることはなかった。

ヴァーニャとその仲間がみていると、ふたりは家の中に入り、家は鱗におおわれた大きなニワトリの脚で立ち上がり、歩き去った。小さな家が足をもちあげ、雪をひっかく、もったいぶった歩き方はこっけいだったが、だれひとり笑わなかった。想像の中ではとてもおかしく思えることも、実際《じっさい》に目の前で起こると笑えないことが多い。

家と窓の明かりが消えても、長いこと兵士たちはかたまって立ったまま、魔法使いがいたところに近づこうとしなかった。

そのうちヴァーニャは、自分がやらなくてはならないことに気がついた。「さあ、何をしてる！　こんなところにつっ立ってたら、氷の塊《かたまり》になってしまうぞ！　早く、あのクマを切りわけて持って帰り、鍋《なべ》に放りこもう！」だが、だれも動こうとしない。

「兄弟たちよ！　姉妹たちよ！」ヴァーニャがいった。「もしあの魔法使いが危害《きがい》を加えるつもりだったら、今ごろはみんなそろって、クマにでもされていたはずだ。だが、この体をみろ！　クマにみえるか？」

「いつもとちっとも変わってないぞ、ヴァーニャ」人々はそういって笑った。笑うと、寒さのために唇《くちびる》がひびわれたが、みんなは急いで駆けより、斧やナイフでクマを切りわけると、雪の上を引きずって家まで運んでいった。

人々は腹をすかせたまま何時間もかけてクマを家まで持ち帰り、料理した。それからたらふく食べ、何人かは気持ちが悪くなったくらいだ。

それからというもの、冬の間じゅうずっと、食料のたくわえが底をついて、みんなが絶望《ぜつぼう》し始めると、どの家かの戸が開いて、皇子の顔をした悪魔、あの魔法使いの使いが現れる《あらわ》のだった。そしてその悪魔と白い鳥が、年老いた獣《けもの》——シカやクマやオオカミやキツネなどの、かたくてやせた死骸のところに連れていってくれた。

こんなふうに魔法使いや悪魔に助けてもらって、みんなは特別に守られているような気がしたが、同時に不気味でもあった。なぜ、あの魔法使いは食べ物をくれるのだろう？

「ああ、そんなことはわかりきっているじゃないか。おれたちを太らせてから、鍋に放りこもうという魂《こん》胆《たん》さ！」

「だが、だれひとり太ってきた者はいない」ヴァーニャがいった。「だから、鍋に放りこまれるとしても、まだだいぶ先のことだ——まあ、食べて、そんなことは忘《わす》れるんだな！」

というわけで、森に住むことになった人々と魔法使いと悪魔についての話は、しばらく置いておくことにしよう。

第八章　女帝《じょてい》とクマ

語りながらカシの木のまわりを歩いているのは、物知りの猫《ねこ》。魔法使《まほうつか》いクズマのことをおぼえているだろうか。鏡をのぞきこんで自分よりも偉大《いだい》な魔法使いのいることを知った男のことを。そして新しい統治者《とうちしゃ》、マーガレッタ女帝《じょてい》のことをおぼえているだろうか。甥《おい》のサファを抱《だ》きしめて、背中《せなか》にナイフをつきたててやろうと考えているマーガレッタのことを。

では（と猫は語る）、マーガレッタのほうから始めよう。

マーガレッタはおふれを出したものの、サファ皇子《おうじ》についての知らせは何ひとつ届《とど》かなかった。この広大な国に住んでいる人々からもたらされるのは、宮殿《きゅうでん》の中の沈黙《ちんもく》と同じくらい重い沈黙だけだった。最もかげでは、あれこれささやかれてはいた。

マーガレッタのおふれをきいた者たちは、笑った。「何をしらばっくれているんだ。甥っ子に会いたけりゃ、自分が埋《う》めた場所にいって、掘《ほ》り返《かえ》しゃいいじゃないか」

だがマーガレッタは、甥に何が起こったのか、本当に知らなかったのだ。だれかが隠《かく》して、守っていて、そのうち甥が自分を殺して皇帝《こうてい》になるのを助けるつもりでいる、と考えていた。

マーガレッタは兵士を送って、家さがしをさせた。夜眠《ねむ》れぬまま起きていると、自分のことを笑っているように思える人間や、サファをあわれんでいるように思える人間の顔が次々に浮《う》かんできた。マーガレッタはいちいち名前を書きとめて、その者たちの家に兵士を差しむけた。兵士たちは戸をうち破《やぶ》って、衣《い》装《しょうばこ》箱をさがし、床《ゆか》の板をはがし、壁《かべ》の板をはがした。

だが、どんなにさがそうが、皇子はみつからなかった。

しかしマーガレッタは決してあきらめなかった。それどころか、どこかにうまく隠れているにちがいないと、それまで以上にかたく信じこみ、兵士たちに命令して、国中の家を、どんなに小さな家であろうと、どんなに貧《まず》しい家であろうと、一軒《けん》残らずさがさせた。

それでも皇子はみつからない。マーガレッタは恐《おそ》ろしくなってきた。これほどまでしてもみつからないくらい賢《かしこ》いのであれば、自分を殺すことくらいたやすいことだ。マーガレッタは、皇子が冷たい闇《やみ》の中をこっそりやってくる夢《ゆめ》をみた。手にナイフを、斧《おの》を、肉切り包丁を持って。

マーガレッタは兵士たちに、また新しい命令を出した。皇子をかくまっていると思われる人間を逮捕《たいほ》させて、処刑《しょけい》してしまおうというのだ。皇子をつかまえるまで、ひとりずつ、いや、村ごと、片《かた》っぱしから殺していくように、と。

国中の人々は、金持ちも貧乏人《びんぼうにん》も恐れおののいた。だれもがこう考えた。自分はサファ皇子がどこにいるか知らないが、おそらく隣《となり》のやつは、知ってるんじゃないか。そして人々は隣人《りんじん》や親戚《しんせき》や友人を見張《みは》るようになった。

あそこの家は、新しい部屋を作っているんじゃないか? あれはきっと、皇子の部屋だ。夜中だというのに物音がする。あれはきっと、皇子をこっそり家の中に入れてやっているんだ。だれかが、まえに、マーガレッタ女帝は残酷《ざんこく》な女だといっていた。きっとそいつが、女帝の意にさからって皇子を助けているんだ。意味もなく、多くの首が飛んだ。そこへクマがやってきて、その混乱《こんらん》に終止符《しゅうしふ》を打った。

大広間の扉《とびら》が開き、一頭のクマが入ってきた。宮殿の中に入ったところも廊下《ろうか》を歩いているところもみた者はいないのに、そのクマは大広間に姿《すがた》を現《あらわ》したのだ。のばした首をヘビのようにくねらせながらやってきたのは、クマの中でも最もどう猛《もう》な白クマ、北に住む白クマだった。

廷臣《ていしん》たちが壁にはりついている前を、クマは女帝の椅子《いす》に続く階段《かいだん》のほうに大股《おおまた》で歩いていった。白く長い毛は、動くたびに波のようにゆれ、野生のクマの強烈《きょうれつ》なにおいは、宮殿のかぐわしい香《かお》りを閉《し》め出《だ》した。女帝の椅子に続く階段の前でいきなり立ちあがったクマは、二メートルもあった。

兵士はじりじりと近づきながらも、心の中では、飛びかかってきませんようにと願い、形ばかり槍《やり》や矛《ほこ》をつき出している。

槍や矛が床に落ちた。クマが前足で、頭をぐいと後ろに押《お》しやったのだ。クマの頭は背中のほうに倒れたかと思うと、胴《どう》から離《はな》れて毛皮ごと下にずり落ちた。そのクマは——官廷《かんてい》のだれもがクマだと思いこんでいたのだが——白クマの毛皮をかぶった、大柄《おおがら》な男だった。男は女帝の椅子に続く階段を上がっていった。だれひとり止めようとする者はいない。男は魔法使いだった。

　女帝は座《すわ》ったまま凍《こお》りついたようになって、近づいてくる男をみていた。恐ろしさのあまり、椅子から立ち上がることも、大声で命令を下すこともできない。この男がサファなのだろうか。マーガレッタはそう考えた。まだ一度も、甥に会ったことがなかったのだ。悪夢《あくむ》が現実《げんじつ》となったのだろうか。ゆっくり階段を上がってくる男から、クマの脂《あぶら》の不快《ふかい》なにおいが漂《ただよ》ってくる。ごま塩の髪《かみ》とひげが生え放題に生えているせいで、男の頭は大きくみえ、逆《ぎゃく》に、髪とひげの中にのぞく顔は小さく鋭《するど》くみえる。クズマだった。

　クズマは椅子の前で立ち止まり、女帝にむかってにやっと笑った。鋭く小さな顔がしわだらけになる。しげみの中から獲物《えもの》をねらう、すばしこく、どう猛な獣《けもの》のようだ。

「甥をみつける手助けをしてやろうと思ってやってきた」クズマが口を開いた。「いくら労を重ねようが、むだだ。このままでは、骸骨《がいこつ》と死体の支配者《しはいしゃ》になりはてるぞ。だが、わしは甥の居場所《いばしょ》を知っている」

　この言葉をきいて、マーガレッタは恐怖《きょうふ》から立ちなおった。そして荒《あら》く深呼吸《しんこきゅう》をしながら、たずねた。「どこです?」

「魔法使いに守られている」

「あなたにですか?」

「わしではない。別の魔法使い、女の魔法使いだ。そなたが国中の兵士をひとり残らず集めても、あの魔法使いの家をみつけることは不可能《ふかのう》だ。万が一、魔法使いの家をみつけることができたとしても、甥をみつけることはできない。魔法使いは、甥を金のイヤリングに変えて耳に飾《かざ》るかもしれないし、プラムの種に変えて舌《した》の下に隠してしまうかもしれないからな。それに、国中の大砲《たいほう》を集めてきても、その魔法使いを殺すことはできない。おまえは女帝と名のり、権力《けんりょく》を持ってはいる——が、あの魔法使いは信じられないくらいの力を持っている」

クズマの鋭い顔がにやっと笑いかけた。「おまえにはどうしようもない。もし甥を取りもどすつもりなら、わしの助けが必要だ」

「さがりなさい！」マーガレッタが命令した。そしてクズマがさがるのをみて、立ち上がると、金をちりばめたスカートのひだをなおした。

「わたしの住まいに」マーガレッタが近衛兵《このえへい》の隊長に声をかけた。女帝とクズマは、武装《ぶそう》した兵士につきそわれて、女帝の住まいにいった。

ふたりがストーブのそばの低いソファーに座ると、お茶が運ばれた。「手助けの報酬《ほうしゅう》として、何が望みなのです？」

「おまえからもらえるような報酬など、必要ない。わしは魔法使いだ。ただ、あの男の子を守っている魔法使いの命がほしいだけだ。わしひとりでは、傷《きず》つけることもできん。あの女は、わしの嘘《うそ》をかぎわけることができるからな。だが、おまえの助けがあれば、殺す方法がある。あの女さえ死ねば、男の子はたやすく取りもどすことができる」

女帝は小さなケーキを食べながらいった。「ですが、この国の兵士と大砲をすべて集めてもだめだというのに、いったいわたしに何ができます。どうしたらその魔法使いを殺すことができるのです？」

「まてまて。兄弟をやすやすと殺したなどと、相手かまわずしゃべってまわる皇帝がいると思うか？どうやって魔法使いを殺すか、わしが話すと思うか？ともあれ、おまえの兵士をもらいたい。わしの命令どおりに動く兵士をな。そうすれば、あの魔法使いを殺すことができる」

「平民の女房《にょうぼう》が小麦粉を貸《か》すような具合に、兵士を貸すことはできません。成功のみこみがあることを納得《なっとく》させてください」

「まあ、少し話してやるか」クズマがいった。「魔法使いは、嘘をかぎわけ、いつわりをききわける。それは美しい調べにまざった耳ざわりな音のようなものだ。だからいくら嘘という罠《わな》をしかけたところで、近づいてはこない。あの魔法使いを呼《よ》びよせることができるのは、邪心《じゃしん》のない、心からの叫《さけ》びだけなのだ。さて、そなたの国の森の中には、脱走兵《だっそうへい》の一団《いちだん》が住んでいて……」

「ああ、あの脱走兵ですか！」マーガレッタが吐《は》き出すようにいった。「あの連中は、首をはねてしまうつもりです！」

「そなたにかわって、わしがやってやろう――あの者どもが罠の餌《えさ》になってくれたら、そのあとでな」クズマがいった。「あの者どもを恐怖でゆすぶってやる。そうすればわしの敵《てき》がわしのところにやってくる。さあ、そなたの兵をもらえるのか、もらえないのか、どちらだ？」

女帝はいわれるとおりにした。ひとまず、女帝の話は置いておこう。

第九章 ヴァーニャの夢《ゆめ》

木のまわりをぐるぐるまわっているのは、一匹《ぴき》の猫《ねこ》。草を踏《ふ》んでいるのは、そのボタンのようなかたい足。

冬の森に（と猫は語る）、ヴァーニャと仲間たちが隠《かく》れ住《す》んでいた。

さあ、これからヴァーニャの仲間のことを話そう。かれらはひとりの老人をみつけた。かわいそうな、今にもこごえ死んでしまいそうな旅人を森の中でみつけ、村へ連れ帰った。

その老人は、村の者たちがしかけた罠《わな》のそばで、雪に埋《う》もれて倒《たお》れていた。老人は金持ちのようだった。というのは、着ているコートが、白くて厚《あつ》いクマの毛皮でできていたからだ。コートは雪でおおわれ、毛先はかたく凍《こお》りついていた。息が凍って、白髪《しらが》まじりのひげまでが、よじれたまま透明《とうめい》なつららになっている。

村人たちは起こそうとしたが、老人は冷たい眠《ねむ》りの中でつぶやくだけだった。そこで村人たちは老人を森へ運び、大勢《おおぜい》が狭《せま》そうに暮《く》らしているヴァーニャの家に押《お》しこみ、暖《あたた》かいストーブのそばに置いた。人々はそばにいって、老人の体から凍りついたクマの毛皮をはがした。そのままだと、厚い毛皮のためにストーブの熱が体に伝わらないのだ。

老人を持ちあげると、その体から金属《きんぞく》が触《ふ》れあい響《ひび》きあうような音がきこえてきた。ヴァーニャが老人のシャツの下に手を入れて、袋《ふくろ》を引き出した。ふってみると、コインの音がした。

ほかの者たちが、老人のシャツを開いて胸《むね》を温め、腕《うで》や脚《あし》をこすっている間、ヴァーニャは袋を開けて、コインを何枚《なんまい》か手にこぼしてみた。どれも銅貨《どうか》で、裏《うら》と表に兵士の姿《すがた》が刻《きざ》まれている。表は前からみた兵士の姿、裏は後ろからみた兵士の姿だった。

「この老人は、よその国からきたにちがいない」ヴァーニャがいった。「こんなコインは今までみたことがない」

「目を覚ましたら、どこからきたのかたずねてみよう」だれかがいった。

だが老人は、体が温まり、目を覚まして、しゃべれるようになっても、質問《しつもん》に答えようとはしなかった。名前も、出身地も、なぜ森の中でこごえかかっていたのかも、話そうとしなかった。

そのうえ、何も食べなかった。食べ物を出されると、こういうのだ。「それは、わしの食べ物ではない」そしてうわさ話をするわけでもなく、昔話をするわけでもなく、トランプに加わるでもなく、座《すわ》りこんだまま、銅貨を数えてはつぶやいていた。「わしの兵士」「兵士がひとり」「兵士がふたり」「兵士が三人」……。

人々はすっかりおびえてしまった。最初、この老人は頭がおかしいのだろうと考えていたが、そのうち、もっと不気味に思えてきた。

何も食べず、何も飲まずで、いったいどうやって生きているのだろう。もし自分たちが食べるような物を食べないのなら、いったい何を食べ、何を飲んでいるのだろう？

老人が家に連れてこられた日の夜、ヴァーニャは恐《おそ》ろしい夢をみた。その叫《さけ》び声《ごえ》で、全員が目を覚ました。ヴァーニャはゆり起こされても、びっしょり汗《あせ》をかいて、震《ふる》えていた。

夢の中で……とヴァーニャはいった……あの老人が自分の寝《ね》ているところにやってきたんだ。それがはっきりみえた！　老人は手に持ったナイフをこの胸につきたて、まるでパンでも切るかのように、この胸を切り開いた。

痛《いた》くはなかった。夢の中だったからだろう。だが自分の胸の中をみてぞっとした。心臓《しんぞう》があるはずのところに、ルビーのように赤く輝《かがや》く石があったんだ。老人はその赤い石をつかんで、もぎとろうとした――が、石を取られるまえに目が覚めた。

夢の中でみたことを責めるわけにはいかないが、このヴァーニャの夢のせ《せ》いで、老人に好意をよせる者はほとんどいなくなった。

次の日、ヴァーニャは病気になった。体に力が入らず、めまいがして、起き上がれなくなってしまったのだ。その次の日になると、目を覚ますこともなく、じっと横になっているだけで、次第《しだい》に体が冷たく、息が浅くなっていった。

「おそらく、赤い石を抜《ぬ》きとられたんだろう」だれかがいった。

ほかの者たちも同じ夢をみた。自分の体の中に赤く輝く石をみて、老人がそれを抜きとろうとするのを感じた。そしてこの夢をみた者はすべて、ヴァーニャと同じ病気になった。

ひとつの家の中で五人が病気で倒れた。老人はその家に入ってくると、ストーブのそばに座り、銅貨の袋を開けて、一枚《まい》ずつ出して数え、「わしの兵士よ」と呼《よ》びかけながら、十枚《まい》ずつ山にしていった。老人は百人以上の兵士を持っていた。コインをすべて並《なら》べてしまうと、また袋の中に手を入れて、こういった。

「それから心臓が五つ」

老人は手に握《にぎ》っていたルビーのような五個《こ》の明るい色の石を、コインの山の上にばらまいた。老人は、人々のおびえきった顔をみあげると、声をあげて笑い、姿を消した。こわれたシャボン玉のように、消えてなくなったのだ。

だが消えたものの、立ち去ってはいなかった。家の中で、老人の声がきこえた。兵士と心臓の数を数える声が。そして人々は、次々に老人がもたらす恐ろしい夢をみて、次々に病に倒れていった。人々は恐れた。幽霊《ゆうれい》か悪魔《あくま》がとりついて、夢の中に入りこみ、眠りの中で自分たちを殺そうとしているのではないか。

人々はおびえ、神に祈《いの》り、身震《みぶる》いしながら仕事にでかけた。日がくれ、体を横たえても、怖《こわ》くて眠ることもできなかった。

恐怖《きょうふ》は音を立てながら人々の体から抜け出して、漂《ただよ》っていった。姿を消して家のすみに座っていたクズマにもその音がきこえた。

クズマは、チンギスもこれをきくだろうと思った。

第十章　クズマの勝利

さあ（と猫《ねこ》は語る）、これからまたチンギスのことを話そう。

チンギスは村人たちの恐怖《きょうふ》をきいた。ニワトリの脚《あし》にのった家の中でストーブのそばに座《すわ》って、自分を育ててくれた魔法使《まほうつか》いの老婆《ろうば》が残していってくれた本を読んでいたとき、鋭《するど》い恐怖の声が伝わってきた。それは耳にはきこえない音だったが、チンギスは思わず、わけもわからないまま身震《みぶる》いして、顔をあげた。チンギスはサファに文字の勉強をさせているところだった。「きこえる？」とチンギスがたずねると、サファは元気よく顔をあげて耳を傾《かたむ》けた。きこえる音のなんと多いことだろう。ふたりが息をする音、それにストーブの火の立てる柔《やわ》らかい音がそっと混《ま》ざってくる。家のいたるところの継《つ》ぎ目《め》がきしんでさまざまな響《ひび》きを立て、屋根の上ではあちこちで、凍《こお》りついた雪がみしみしと音を立て、家のすみや木々の間では風が声をあげている——が、それはチンギスが耳にした音ではなかった。

チンギスはサファのそばにくると、肩《かた》に手を置き、顔を近づけ、指を一本立てていった。「ようく、きいて」

サファは目を閉《と》じ、息をこらした。それから心臓《しんぞう》の鼓動《こどう》以外には物音ひとつ立てずに耳をすました。それでも、チンギスの耳にしたものはきこえなかった。が、なぜか、突然《とつぜん》に全身が震えた。寒くはなかった。

「だれかがぼくの墓《はか》を踏《ふ》んだ」サファがいった。マリエンは身震いにおそわれると、いつもそういっていた。

「これは恐怖よ」チンギスがいった。「でも飢《う》えの恐怖じゃない」

チンギスは耳をすまし、歯の間から舌《した》の先をのぞかせた。まるで恐怖の味をみようとでもいうように。「死の恐怖。でもそれだけじゃない。何かがあの人たちをおびえさせている——いったい、何かしら？　クマ？　幽霊《ゆうれい》？」チンギスはサファの肩をたたいた。「太鼓《たいこ》！」　サファは壁《かべ》から魔法使いの太鼓、ゴーストドラムを取ってきた。

ふたりはストーブの棚《たな》に腰《こし》かけた。サファが太鼓を自分の膝《ひざ》の上に置くと、チンギスはその真ん中に頭《ず》蓋骨《がいこつ》を置き、しっかりしたリズムでたたき始めた。

サファはまばたきもせずに、頭蓋骨が文字から文字へとはねたり、すべったりするのをみつめていた。そして頭蓋骨がはねるたびに、それが何を意味しているのか考えたが、何ひとつわからない。いくつかの文字の意味は習っていたが、すべてを知っているわけではないし、ひとつの文字とべつの文字を意味でつなげる方法については、何も知らなかった。サファにとって太鼓の伝えたいことを理解《りかい》しようとするのは、つづりは知っているが読み方を知らない言葉を、ききとろうとするようなものだった。

チンギスは太鼓をたたくのをやめた。サファは、太鼓のいったことを教えてくれるのだろうと思って、チンギスの顔をみた。しかしチンギスはこういっただけだった。「太鼓は何も語ってくれない」チンギスがとまどっているのが、サファにもわかった。「何も語ってくれない」

だがそれでも、恐怖はきこえてきた。その恐怖はチンギスの骨を鳴らし、冷たい水滴《すいてき》のように肌《はだ》をはいまわり、全身を震えさせた。「あの人たちのところにいかなくちゃ」チンギスは太鼓をわきに置きながらいった。「でも、太鼓は何も語ってくれない。どうして?」

家は立ち上がると、ふたりをのせたまま、恐怖の源《みなもと》へと歩きだした。

さあ(と、猫は語る)、これからクズマのことを話そう。

クズマはヴァーニャのいる家のストーブの上に座っていた。そのまわりのいたるところで、人々が息もたえだえに倒《たお》れている。すっかり冷たくなっている者もいれば、身動きひとつしない者もいる。くもった目で天井《てんじょう》の闇《やみ》をみつめている様子は、死人同然だった。

村のほかの二軒《けん》も同じだった。かすかな声がとぎれとぎれに、まだうめくことのできる程度《ていど》に体の温かい者の口からこぼれてくる——が、その者たちもまた、こごえて動けなくなっていった。

クズマの袋《ふくろ》の中で、兵士と呼《よ》ばれている銅貨《どうか》と、たくさんのきらめく赤い石とがふれあって音を立てている。

クズマはストーブの上で体を温めながら、のんびり、あぐらをかいて座《すわ》り、自分の心を解《と》き放《はな》った。

クズマの心は突風《とっぷう》に運ばれる雪の速さで、森の中を飛びまわった。心に描《えが》くよりも速く、高い松の木のこずえまで飛んでいったかと思うと、あたりをうかがい、耳をすまし、またあたりをうかがい——ついに、はるか彼方《かなた》からやってくるチンギスをみつけた。

心は体にもどり、クズマは目を開けた。「急げ、急ぐのだ」クズマは自分にいいきかせながら、ストーブからとびおりた。そして家から出ると、力を振《ふ》りしぼって駆《か》けだし、重いブーツと深い雪に足をとられながらも、まっしぐらに森の中に走っていった。

家から遠く離《はな》れたところまでやってくると、クズマは足を止めた。そこは土手があり、張《は》り出《だ》した土手の下に雪が吹《ふ》き寄《よ》せられている。クズマは白クマの毛皮で作ったコートをしっかり身にまとうと、クマの頭の帽子《ぼうし》をかぶった。それから雪の中にもぐりこんで、体を丸め、深い深い眠《ねむ》りにはいった。冬眠《とうみん》中のクマのように、心臓の鼓動は弱まり、体は冷たくなっていった。生気はほとんど失《う》せて、死体のようになり、心は死の世界の門のすぐ前に立った。雪の中で眠っているのは人なのかクマなのか？　それとも生き物ではなく、ただの雪におおわれた丸太なのだろうか？

ニワトリの脚にのった家が村に近づいてきた。たどってきた恐怖の音が弱まって、やんだ。チンギスはもう一度太鼓にたずねてみたが、やはりこたえはない。チンギスはいぶかしく思い、不安になって、家を止めた。まだ村からはかなり距離《きょり》がある。太鼓は、村は空っぽだ、生き物はいないと告げている。

チンギスはサファにいった。「さあ、わたしの手を握《にぎ》って。こわがることないから」サファはチンギスの手を握りしめた。チンギスは目を閉じて、心を解き放った。

チンギスの心は一瞬《いっしゅん》のうちに村までいき、まるで戸の下から吹きこむ風のように、家々を出たり入ったりした。たくさんの人がいる。死んでいるが、死んでいない。

ストーブの煙突《えんとつ》を通って、冷たい空気の中に舞《ま》い上がったかと思うと――次の瞬間《しゅんかん》、チンギスの心は松の木々のこずえをみおろした――が、人々に奇妙《きみょう》な病をもたらした原因《げんいん》らしいものは、何もみえず、何もきこえず、何もにおわず、何も感じられなかった。クズマはたくみに姿《すがた》を隠《かく》していた。チンギスの心はさらに高く舞い上がり、彼方をみやった。地面におりてきて、素早《すばや》い小さなイタチのように、木の幹《みき》のまわりをかぎまわった。

しかし、どんなに才能《さいのう》があるとはいえ、チンギスはまだ若《わか》い。クズマのずる賢《がしこ》い計略《けいりゃく》をみやぶるほど注意深くもなければ、悪賢くもなかった。うまく身を隠したクズマは、チンギスの目をまぬがれていた。

サファは不安になってきた。チンギスが白目をむいて、息を乱《みだ》し、震《ふる》えているのだ。サファはチンギスの名前を呼んだ。心が体にもどり、黒目がもどった。サファはチンギスが無事なのを知ってほっとした。

ニワトリの脚をした家は、ふたりを村の真ん中に連れていった。ふたりは家からでると、三軒の脚のない家の中に入ってみた。

クズマは深い眠りの中で、ふたりの立てる音をきいていた。心臓が鼓動を速めた。ふたたび全身に温かさが広がってきた。クズマは体をゆすると、身を隠していた雪の中から、雪にまみれたまま立ち上がった。それから素早く村にもどった。チンギスは家の中の人間に気を取られていて、こちらには気づかないだろうと思ったのだ。

ヴァーニャのいる家の中で、チンギスはサファにいった。「ここの人間たちには心がない。死んでいるのでも、死にかけているのでもないわ」

「心をもどしてあげようよ」サファがいった。

「でも、どうして心が体から離れていったのかしら?」チンギスはあたりをみまわして、耳をすました。「それとも盗《ぬす》まれたのかしら。サファ、わたしたちも危険《きけん》な目にあうかもしれない！」

家の外、ミルクのような闇の中に、魔法使いクズマが立っていた。

クズマは身につけていた袋を開け、銅貨を取り出した。それから村を歩きまわり、雪の上にコインをまいていった。コインに刻《きざ》みつけられた兵士たちが、本物の兵士になり、雪の上に靴《くつ》のあとを刻んだ。どの兵士も武器《ぶき》といっしょにトランペットを持っており、腰《こし》と足首と手首には、たくさんの鈴《すず》をくくりつけている。

ニワトリの脚を持つ家は、けづめのある足を踏み鳴《な》らし、ニワトリの鳴き声のような、火がはぜる音のような、奇妙な音を立て始め、雪をひっかいては、入り口の戸をけった。チンギスはそれをきくと、サファの手を引いて、ヴァーニャの家からとび出した。チンギスが姿を現《あらわ》すと同時に、兵士たちはトランペットを吹き鳴《な》らし、叫《さけ》び声《ごえ》をあげ、足を踏み鳴らし、鈴を鳴らした。

そのあまりにけたたましい音は、ほかの音をすべて消し去った。が、兵士たちには、何もきこえない。しっかりと耳栓《みみせん》をしているのだ。

魔法使いの力はすべて言葉と音楽から生まれる。もし音を響かせることができなければ、魔法使いの力は封《ふう》じられたも同然だ。チンギスは声をはりあげ、大声で叫んだ。言葉は喉《のど》をかきむしるようにして出てきた。チンギスは、兵士たちを銅像《どうぞう》のように動けなくする呪文《じゅもん》を叫んだ。だがそれも兵士たちの耳に入ればのこと。剣《けん》や短剣《たんけん》を持っている兵士たちに、チンギスの声はきこえない。

サファは目の前でくり広げられていることが理解できなかった。自分がいた丸天井《まるてんじょう》の部屋を守っていたのと同じような兵士がたくさんいる——が、今までみた兵士よりもずっと騒々《そうぞう》しい。

チンギスが兵士たちにむかって叫んでいるのはわかったが、何を叫んでいるのかはわからない。鋭い短剣が血を流すことは知っていたし、目の前の兵士たちが長い剣を持っているのもわかったが、人が人を傷《きず》つけるというのが、よく理解できなかった。立ちつくしたまま、目を丸くしているサファのところに、五人の兵士がやってきて、サファを雪の上に押《お》し倒《たお》し、手をしばった。その間も、兵士たちが身につけた鈴は、不規則《ふきそく》なけたたましい音を立て、それにトランペットと叫び声が加勢《かせい》をした。

引き起こされたサファは、チンギスをさがしたが、兵士たちが邪魔《じゃま》で、姿はみえなかった。兵士たちの体や脚の間に、赤く染《そ》まった雪がみえる。

騒々しい音はかなりおさまってきた。トランペットの音や叫び声はもうなく、ただ兵士たちが動くたびに鈴が鳴るだけだ。

真紅《しんく》の川が雪の上を素早くはうようにのびてきて、その色を失い、淡《あわ》いピンクになっていった。それから、鈴がけたたましく鳴り、兵士の一隊が先のとがった長い棒《ぼう》を持って駆けてきた。

ほかの兵士が散って道をあけると、チンギスが倒れているのがみえた。真紅とピンクのしみの真ん中に倒れている。サファは呼びかけた。丸天井の部屋で心が呼びかけたように、何度も何度も呼びかけた。だがチンギスは振りむきもしなければ、身動きもしなかった。

そのとき、白クマのコートを着た男が棒を取り、そのとがった先をチンギスの胸《むね》に当てた。

男は兵士から金槌《かなづち》を受け取ると大きく振り上げ、棒を深々と突《つ》き刺《さ》そうと力をこめた。サファは悲鳴をあげ、やめてと叫んだが、男は手を止めず――金槌の音は、兵士たちの鈴の軽いざわめきの中で、鈍《にぶ》く響き、棒はさらに打ちこまれ、チンギスの死体は地面に釘《くぎ》づけになった。

「これで闇がおりても、わしらを追ってくることはないだろう」白クマの皮を着た男がいうと、兵士たちは声をあげて笑い、笑いながら二、三歩あるいた。また鈴が鳴った。

「さあ、死の世界で最も偉大《いだい》な魔法使いになるがいい」クズマはチンギスにむかっていった。「だが、わしは、もうしばらく死の世界へいくつもりはない！」それから兵士たちにむかっていった。「者ども、ここを片《かた》づけろ」

兵士たちは家の中から火を持ってきて、村の家を燃《も》やした。それからロープを使って、ニワトリの脚を持つ家も引《ひ》き倒《たお》し、こけら板でふいた屋根に火をつけて燃やしてしまった。村が火と残骸《ざんがい》だけになってしまうと、兵士たちはサファを連れて去っていった。

体につけた鈴の鳴る音を楽しそうにききながら行進していく兵士たちに、クズマが低い声をはりあげて歌った。その歌をきいているうちに、兵士たちはなぜ鈴をつけているのか、なぜトランペットを持っているのか、どのようにしてあの魔法使いを殺したのか、すべてを忘《わす》れてしまった。はっきりおぼえているのは、皇子《おうじ》をかくまっていた裏切《うらぎ》り者《もの》たちの村を焼き、皇子をつかまえ、都に連れもどる途中《とちゅう》だということだけだった。都では偉大なる女帝《じょてい》が、きっとほうびをくださるだろう。

都に着くと、兵士たちは女帝のところへサファを連れていった。

女帝は背筋《せすじ》をのばして椅子《いす》に座って待っており、下のほうには近衛兵《このえへい》と廷臣《ていしん》が集まっていた。女帝は椅子から立ち上がり、階段《かいだん》を下りていった。金の刺繍《ししゅう》をして、輝《かがや》く宝石《ほうせき》をちりばめた着物を着ている。女帝はほかの者たちとほとんど同じ高さまで下りてくると、羽根飾《かざ》りのついたローブを着ている、きたない男の子を抱《だ》きしめ、その顔にキスをした。

「わたしのサファ」女帝はサファの頬《ほお》をつねりながらいった。「これからは、決してわたしの手の届《とど》かないところにいってはなりませんよ。きれいな服に着がえて、ゆっくり休みなさい。さあ、番兵たち！　用意しておいた住まいへ、皇子を連れていきなさい」

皇子が連れ去られると、マーガレッタは階段を上がって椅子に腰かけた。それからクズマが、廷臣たちをかきわけて階段を上がってきた。手には革《かわ》の袋を持っており、椅子の前までやってくると、袋をさかさにして中身をマーガレッタの膝にあけた。たくさんの赤く輝く石が転がり落ちた。

クズマはひとことも口をきかないままに消えてしまった。ほしいもの――チンギスの死は、すでに手に入れてしまっていたのだ。

神聖《しんせい》にして慈悲深《じひぶか》い女帝マーガレッタは、クズマが残していった赤い石にすっかり心を奪《うば》われていた。それまでにみたどんなルビーよりも暗く濃《こ》い赤で、ろうそくの光をあびて、氷の結晶《けっしょう》のような強烈《きょうれつ》な輝きを発している。

「これでいとしい甥《おい》に、十分な世話をしてやれます」女帝はいった。「そしてもう、この国の中から反逆《はんぎゃく》者《しゃ》が出てくる心配はなくなりました。これで安心して戴冠式《たいかんしき》を祝うことができるというもの。あの『悲しみの后《きさき》の大聖堂《だいせいどう》』で、わたしは新しい王冠《おうかん》をいただくことにしましょう。かつて、どんな皇帝《こうてい》も女帝もいただいたことのないような王冠を。そう、王冠にこの赤い石をちりばめることにしましょう」女帝はそういうと、居並《いなら》ぶ者たちにみえるよう、赤い石をひとつつまみあげた。石は光を受けて、まばゆく輝いた。

あれほど信頼《しんらい》に値《あたい》しない女帝がクズマを信頼して、贈《おく》り物《もの》を受け取ったというのは、奇妙なことだ。女帝はこう考えたのかもしれない。クズマは自分を愛してくれていて、その愛のためにサファをつかまえてきてくれたのだ、と。

王冠が、すばらしい王冠が作られた。赤い石が奴隷《どれい》の職人《しょくにん》たちによってはめこまれた。女帝マーガレッタは、大聖堂でその王冠をいただいた。今は亡《な》き義理《ぎり》の姉の墓のすぐそばで。そして国事があるたびに、女帝は自慢《じまん》げにその王冠をかぶった――兵士たちの心のはめこまれている王冠を。


だが、皇子はどうなったのだろう？　皇子のために用意された住まいは、宮殿《きゅうでん》の最も高い塔《とう》のいちばん上の、丸天井の部屋だった。扉《とびら》には鍵《かぎ》がかけられ、外も、階段も、階段の下も、すべて番兵に守られている。部屋はヴァーニャとその仲間の兵士たちが荒《あ》らしたままだ。暗く、壁や床《ゆか》をおおう物は何もない。中にあるのはストーブと、木の板の床と、れんがの壁――それから、不幸にして孤独《こどく》な皇子サファがいるだけだった。

だがサファの心は、丸天井の部屋から抜《ぬ》け出《だ》す方法を知っていた。

まえにいわれたことが、ずっとあとになってわかるということは、よくある。目の前にあるときには気がつきもしなかったことを、あとになってはっきり思い出すことも、よくある。

サファはおぼえの悪い弟子《でし》で、簡単《かんたん》な言葉の魔法さえ自分のものにすることができないでいた。それは、この世界に満ちあふれているさまざまな音や、さまざまな光や、さまざまな物にかこまれていたからだった。

だが丸天井の暗く何もない静寂《せいじゃく》の中で、サファは教えられたことを思い出し、みせられたものを頭の中によみがえらせた。いつまでも終わることのない静けさの中で、言葉に絵をあてはめ、絵に言葉をあてはめ、全体を作り上げていった。

サファの心は終わることのない夢《ゆめ》の中をさ迷《まよ》い、この世界のさまざまな場所にいき、ほかの世界のさまざまな場所にいった。ただ死の世界の門からは逃《に》げもどってきた。われわれほとんどの人間と同じように、恐《おそ》ろしかったのだ。

サファには偉大な魔法使いになる才能はなかったが——簡単な魔法なら使えるようになっていった。

第十一章　鉄の森

猫《ねこ》は木のまわりを歩きまわるのをやめ、座《すわ》って、足をなめている。

これで話は終わったのだろうか（と猫はたずねる）。チンギスは死に、サファはとらえられ、マーガレッタは強大な力を持つ女帝《じょてい》となった。となれば、あとはサファが処刑《しょけい》され、マーガレッタがいつまでも国を治めた、という結末以外はないのではないか？

いや、まだ続く（と猫は語る）。チンギスの話を続けよう。ただし、死の世界のチンギスの話を。

眠《ねむ》っているとき、われわれの目は閉《と》じていて、もはやこの世界をみることはできない。だが心の目は大きく開いていて、ほかの世界の光景をみているのだ。

チンギスの目が死によって閉じられたとき、心の目が開き始めた。まるで悪夢《あくむ》からさめたかのように。

心の感覚がうごめき、意識《いしき》が鋭《するど》くはっきりしてきた。

チンギスは鉄の木々が格子《こうし》のように仕切っている闇《やみ》をのぞきこんだ。そこから歌がきこえてくる。鳥の歌のようだが、あまり鳥らしくはきこえない。悲しみに満ちたゆったりした歌声が遠くから響《ひび》いてきて、チンギスの心臓《しんぞう》の鼓動《こどう》を弱め、肌《はだ》を冷やした（チンギスはまだ体の中で鼓動を打っている心臓を感じ、体をおおっている皮膚《ひふ》を感じていた。ちょうどわれわれが夢《ゆめ》の中で感じているのと同じように）。

木々に仕切られた闇の中から、その歌声とともに、ローズマリーやタイムに似《に》た豊《ゆた》かな潮《しお》の香《かお》りが漂《ただよ》ってきて、それから物が焼けるときの、灰《はい》まじりの重苦しいにおいが漂ってきた。

あたりにはだれもいない。兵士たちの騒々《そうぞう》しい声も音も、弟子《でし》のサファも、すべて消えてなくなっている。

振《ふ》りむくと、後ろに高い門がみえた。みおぼえがある。死の世界の門だ。

何度もここにやってきては、呪文《じゅもん》で門を開け、中に入っていったものだ。だが今はその門の内側にいる。そして門は閉ざされ、鍵《かぎ》をかけられている。どんな呪文も、開けることはできない。チンギスは自分が死んだことを知った。

これまで何度となく死の世界にやってきたことがあったが、もう門は開かない、中にとらわれてしまった、と思うと恐怖《きょうふ》のあまり、吐《は》き気《け》がしてきた。

だがチンギスは声にだしていった。「わたしは魔法使《まほうつか》いよ！」そして、育ててくれた老婆《ろうば》から教わった魔法使いのことわざを自分にいいきかせた。「その扉《とびら》から中に入ろうとする者は勇気を持て」

前に広がっているのは『鉄の森』だった。森自体は、いい場所でも悪い場所でもない。ただそこをどう歩いていくかによって、いい場所にも悪い場所にもなるのだ。

チンギスは前へ進み、人々の間を歩いていった。女もいれば子どももいれば男もいる。座っている人、横になっている人、立っている人、みんな、重そうな鉄の木ばかりの森の端《はし》にかたまっている。恐《おそ》ろしくて前へ進めないのだ。

森の木はかすかに、これ以上ないほど鈍《にぶ》い灰色がかった鉄色に輝《かがや》いている。そして木の葉は動くたびに、鉄の錠《じょう》にさしこまれた鉄の鍵のような音を立てた。枝《えだ》は冷たく、肌に吸《す》いついてくる。まるで凍《こお》りついた金属《きんぞく》のようだ。木の発するにおいは、大地のにおいでも、樹液《じゅえき》のにおいでもなく、金属の鈍いにおい。最も不気味なのは、鉄の木の間をすり抜《ぬ》けてくる歌声だ。小鳥の歌にしては洗練《せんれん》されすぎているし、人間の歌にしては、あまりに無邪気《むじゃき》だった。

人々がみつめる中を、チンギスは進んでいき、木々の間を歩いていった。何人かはそれをみて勇気を振りしぼり、あとをついていったが、すぐにチンギスを見失い、ほかの人間とも離《はな》ればなれになってしまった。鉄の森に道はない。木の間を選んでいくのだ。こっちへいき、あっちへいき、今度はこっちへ、といった具合で、道しるべはない。

しかしチンギスは自分のさがしている人と、目的を心得ていたので、鉄の森の中で進むべき方向は、道が通っているかのように、はっきりとみきわめることができた。磁石《じしゃく》が鉄にむかって進んでいくのと同じように、迷《まよ》うことはなく、磁石が鉄のあるところを知っているのと同じように、どの木のそばを通るときにも曲がる方向を知っていた。

チンギスは風のように森を抜けていく。足は森に散りしいた鉄の葉には、ほとんどふれることがなかった。チンギスの立てる音は、鉄釘《てつくぎ》をそっと箱の中に入れるときの音くらいかすかだった。

目的の場所にやってくると、ニワトリの脚《あし》にのった家がみえた。鉄の枝や鉄の葉が重くおおいかぶさる下で、家は脚を折ってうずくまっている。家の外には育ての親が立っていた。魔法使いの老婆はチンギスがやってくるのをみると、両腕《りょううで》を広げ、温かい腕《うで》でしっかりと抱《だ》きしめた。温かい手が、いとおしげにチンギスの背中《せなか》をたたいた。

「あたしのなつかしい家がここにやってきたのをみて、おまえもじきにやってくるのがわかったよ」老婆がいった。「太鼓《たいこ》にたずねてみたんだ。起こったことはすべて知っている。クズマのしわざだ！　ひきょう者のクズマがやったんだね。クズマが兵士たちに、魔法使いの殺し方を教えたんだ」

「おばあさま、わたしの弟子のことも太鼓にたずねてくれた？」

「おまえには、弟子なんていないだろう」

「いるの。牢獄《ろうごく》から連れだしてやった子。おばあさまがわたしを選んだようにあの子を選んだわけじゃないし、あの子ときたら、いくら教えてもおぼえてくれない。でも、わたしはあの子が好きなの。あの子も殺されたの？　ここ、この鉄の森の中で迷っているの？」

「殺されてはいない。だが、その子のことは、それ以上何も知らないんだよ」

「もう一度太鼓にたずねてみて」

老婆の魔法の太鼓は、ニワトリの脚をした家のそばの鉄の葉の上にあった。年老いた魔法使いは、錆《さび》の浮《う》いた鉄の丸太に腰《こし》かけると、太鼓を膝《ひざ》に置いてたたき始めた。チンギスもそばにしゃがみこみ、イタチの頭蓋骨《ずがいこつ》の動きをみつめた。

チンギスの視界《しかい》が暗くなった。いくつもの世界をへだてたむこうにあるサファの部屋の闇のせいだ。丸《まる》天井《てんじょう》の部屋をかこむ壁《かべ》が迫《せま》ってくる。部屋の静寂《せいじゃく》が耳をふさぐ。まるで水中に沈《しず》んでしまったかのようだ。チンギスはこれらすべてを、肌に感じ、目でみて、その雰囲気《ふんいき》をつかんだ。ごくかすかに、しかし、はっきりと。ちょうどわれわれが、本を読んでいるとき、目とページとの間に、薄《うす》くかすかにその情景《じょうけい》が浮かびあがるときのように。

太鼓の音がやんだ。鉄の森の鈍い鉄色の光の中、重い枝の下で、四人の女が太鼓をかこんでいた。老婆とチンギス。三人目は疲《つか》れきって不安そうな表情《ひょうじょう》をした女。四人目は背の高い美しい女で、長く黒い髪《かみ》に大きな黒い目をしている。乳母《うば》のマリエンと、后《きさき》になった奴隷《どれい》のファリーダだ。チンギスはふたりをみてすぐに、それがだれかわかった。太鼓がサファのことを語ったせいで、ふたりがここにやってきたということもわかった。

「おばあさま、わたしはこの世界を出て、もとの世界にもどらなくちゃ」チンギスがいった。

老婆は首をふった。「おまえはもう死んでしまったんだ」

「わたしは好きなように、ひとつの世界から別の世界へいききすることができるわ！」

「魚は水の中で暮《く》らすことはできるが、陸の上では死んでしまう」老婆がいった。「心は心の世界の中で生きていくことはできるが、大地の上ではすぐに粉々になってしまう。心がもどることのできる体がないからね。体は心を守ってくれるんだ。おまえの体は死んで、もうじき土に還《かえ》ってしまうんだよ、チンギス」

「あの体にもどります」

「もう今じゃ、冷たくなっているし、動かそうにも重すぎる。なにしろクズマが地面に打ちつけてしまったからねえ」

「どうしても、もどりたいの」チンギスがいった「あの体に入っていけないなら、ほかの体に入ります」

「どの体に？」老婆がたずねた。「それが生きた体であるかぎり、中にいる心と戦わなくてはならないんだよ。そしておまえがその体の中にいるかぎり、その心は休むことがない。おまえは戦いで力を使いはたしてしまう。みこみはないよ、チンギス。いかなる魔法使いであろうと、いったん死んでしまったら、心を入れてくれる体が育つのを待たなくてはいけない。鉄の森の真ん中にいってみるがいい。灰の上で、そういう体が育っているのがみえるはずだ。おまえがふたたび大地をみるのは、おまえが弟子と呼《よ》んでいるサファが死んで何百年もあとのことだ」

チンギスはうなだれた。しかし乳母のマリエンと奴隷女のファリーダは、チンギスの肩《かた》に手を置いた。

「わたしが何か力になれればいいのですが……」マリエンがいった。

「わたしも……」ファリーダがいった。

チンギスは顔をあげた。

「おばあさま、もし四人の心がわたしの体に入って、力を合わせれば、体を立ち上がらせ、動かすことができない？」

「ここにいる心がまだ、鉄の森の果実を食べていなければね」老婆がいった。

「わたしはまだ、ここでは何も食べていません」ファリーダがいった。「わたしはあの子を牢獄の中に置いてきました。あの子のあわれな一生を思うと、悲しくて食欲《しょくよく》などわきません」

「わたしは、あの子にとってじつの母親以上の母親でした」乳母のマリエンがいった。「でもわたしがおろかなことをしたせいで、あの子を闇の中にひとりきりにしてしまいました。ものを食べる気など、起こるはずがありません」

「あの赤錆の混《ま》じった水も、飲んでいないんだね？」老婆がたずねた。

ふたりの幽霊《ゆうれい》はうなずいた。

「でも、おばあさまは？　何か食べたの？　水を飲んだの？」

老婆はため息をついてほほえみ、しわだらけのがさがさした手でチンギスのほおにふれた。「かわいいおまえのことが忘《わす》れられなくてねえ」老婆はそういうと、首をふった。

「おばあさま、わたしたちが鉄の森を抜けて、大地にもどるのに力をかしてください！」

「あの門を通ってもどるわけにはいかない」老婆がいった。「あたしたちには、もう閉ざされてしまっているからね。この森の最も歩きづらいところを抜けていかなくてはならない。そしていったんわきにそれてしまえば、二度と森を抜ける道にもどることはできない」

「その扉から中に入ろうとする者は勇気を持てというでしょ、おばあさま。恐怖はうちに置いていけって」

老婆はほほえんだ。「太鼓も置いて、家も置いていくんだ。勇気以外何も、ここから持っていくわけにはいかない。さあ、あたしの手をとって――みんなで手をつないで、決して離ればなれになっちゃいけない。この中で進む方向のわかっている者はふたりきりしかいないんだから。チンギス――あたしの心強い娘《むすめ》、チンギス――おまえが導《みちび》いてくれなくちゃいけない。もしおまえに導くことができなければ、ほかのだれにもできはしない。あたしはいちばん後ろについていくとしよう。もしおまえが方向を間違《まちが》えそうになったら、声をかけるからね」

こうしてチンギスとマリエンとファリーダと老婆は、鉄の森の中をどこまでも歩いていった。鉄のとげの間を、鋼《はがね》のイバラの間を縫《ぬ》うように、死の世界から大地にむかって。

第十二章 女帝《じょてい》と幽霊《ゆうれい》

さあ、話をこの世にもどして（と猫《ねこ》は語る）、慈悲深《じひぶか》く、とこしえに国を治める女帝《じょてい》、新たに冠《かんむり》をいただいたマーガレッタ女帝のことを話すとしよう。

マーガレッタの思いはしばしば皇子《おうじ》のいる塔《とう》の階段《かいだん》を駆《か》けのぼって、甥《おい》を閉《と》じこめてある部屋にいった。しかし思いがどこにいこうと、女帝は椅子《いす》に腰《こし》かけたままで、頭には真紅《しんく》の石をちりばめた王冠《おうかん》をいただいたままだった。そしていつも、横や後ろに、白い柱が、白い人影《ひとかげ》が、それもすぐそばにみえるのだった。

椅子のそばにはだれもいないはずだ。だれひとりと、椅子の前の階段をのぼることをゆるされていないのだから。にもかかわらず、白い柱が立っていた。そして目を思いきり右か左に寄《よ》せると、人影《かげ》がみえた。ところが、はっきりみようと首をめぐらすと、その影は縮《ちぢ》み、折りたたまれるようにして、消えてしまう。

ちょうど、ゆがんだ鏡に姿《すがた》を映《うつ》しているときに動くと、折りたたまれるように姿が消えてしまうように。

女帝には、目の端《はし》にみえるそれらのぼんやりした人影が、現実《げんじつ》の血の通った人間ではないことがわかっていた。だから兵士に、そこの人間を連れていけなどと命令することはなかった。人影のことを口にすることなく、背筋《せすじ》をのばして平然と椅子に座《すわ》り、赤く輝《かがや》く王冠を頭にのせたまま、横目であたりをうかがっていた。

護衛《ごえい》の兵士を連れて宮殿《きゅうでん》を歩いていくときは、何度も鏡の前を通る。女帝が鏡をのぞくと、どの兵士よりも近くに裸《はだか》の人間がみえた。裸で、ひもじそうな、雪のように白い男や女がみえた。ひもじそうな子どもたちの姿も映っている。目をむけると、鏡の中の人々の目もこちらをむく。だが、裸の人々の声はきこえず、触《ふ》れることもできず、ただ鏡に映っているだけだった。

幽霊《ゆうれい》だ、と女帝は思ったが、無視《むし》することにした。確《たし》かに幽霊はにらむことも、憎《にく》むこともできるだろう、だがこの世では、肉体のない心など、何もできないはずだ。女帝はそう考えた。

幽霊たちはみつめることで、女帝の考える力を奪《うば》っていった。女帝は、目の端に映る人影は、自分が処《しょ》刑《けい》させた者たちの幽霊にちがいないと思っていた。自分がどれほど多くの人間を処刑させたか、わかっていなかったのだ。

女帝は宮殿の中のあらゆる鏡をはずして、粉々に打《う》ち砕《くだ》かせた。自分の住まいにある鏡も同様だった。女帝は鏡の破片《はへん》をすりつぶして粉にし、それを瓶《びん》につめて、宮殿の倉庫にしまわせた。自分の嫌《きら》いな人間の食べ物の上に振《ふ》りかけさせようと思ったのだ。マーガレッタは女帝ではあったが、よく気の付く、倹約《けんやく》のうまい主婦《しゅふ》でもあった。

鏡はなくなっても、幽霊はいなくならなかった。女帝は横目で幽霊をみてばかりいるようになった。口の中の腫れ物《はもの》をさわっては、まだ痛《いた》いかどうか確かめているような感じだ。幽霊たちはまともにみられても、縮んで消えたりすることはなくなった。女帝が玉座《ぎょくざ》に腰かけていても、平気でやってきて、目の前に堂々と立つようになった。

夜になると住まいには、女帝と幽霊だけになった。召《め》し使《つか》いや奴隷《どれい》を引きとめておくのにも限度《げんど》があり、そのうち引きとらせなくてはならない。でないと、ひとりでいるのが怖《こわ》いと認《みと》めてしまうことになる。地上の神が、そのようなことを認めるわけにはいかない。

女帝はかつらをとり、白い髪《かみ》をおろし、宝石《ほうせき》をちりばめたすそが広く重い着物をしまい、老いてかさかさになった肌《はだ》に薄《うす》い夜着を一枚《いちまい》きりまとうと、王家に伝わる大きなベッドに上がり、はっていく。まるで雪におおわれた平原で迷《まよ》った旅人のようだ。それから広いベッドの真ん中で体を丸め、まわりをかこんでこちらをみつめる骸骨《がいこつ》をみつめ返す。

宮殿の中はいつも静寂《せいじゃく》が支配《しはい》している。そして夜ともなると、気をまぎらわせてくれたり、勇気をあおってくれるような、かすかな音ひとつきこえない。女帝は疲《つか》れきっていた。これ以上、幽霊たちの、飢《う》えに苦しむ目をみることはできないと思った。女帝は手で顔をおおい、涙《なみだ》を流し、幽霊たちを連れ去ってくださいと神に祈《いの》った——が、目を開けると、幽霊たちはそこにいるのだった。

「そなたたちの死を命じたのがわたしだったとしても、結局はそれがそなたたちの運命だったのだ」女帝はいった。「わたしは神の命を受けているのだ！　わたしのなすことは、すべて正しいのだ！」

幽霊たちは女帝をみつめた。

「そなたたちは、わたしをゆるさなくてはならない」女帝はいった。「わたしのような偉大《いだい》な人物は、しばしば恐《おそ》ろしいこともしなくてはならない。それは義務《ぎむ》、よいか、義務なのだ。そのおかげでこの世界のすべてがうまくいっているのだ。だからわたしを責《せ》めてはならない」

幽霊たちは女帝の言葉が耳に入らなかったらしい。次の日も、次の夜も、女帝のそばから離《はな》れなかった。幽霊たちの目は、だれかを責めているわけではなく、ただ自分たちの飢えをみつめているだけだった。

なぜ、いなくならない？　女帝は頭をかかえた。神を恐れず、ゆるすということを知らないのだろうか？　それとも、復讐《ふくしゅう》のためにとりついているのではないのだろうか？

世の中には、そういった話が無数にある。生きている人々に、どこかに埋《う》もれている宝《たから》があることを知らせにこの世にもどってくる幽霊の話や、生前に何か悪いことをしてしまって、それを正してほしいと願ってこの世にもどってくる幽霊の話が。女帝はこういった話を思い出したとたんに、理解《りかい》した。この幽霊たちはわたしを責めにやってきたのではない、わたしがやり忘《わす》れたことをしてほしい、と頼《たの》みにやってきたのだ。

いったいわたしは何を、やり忘れているのだろう？

まだ、甥を殺していない。

宮殿の最も高い塔の上の丸天井《まるてんじょう》の部屋で、皇子のサファはまだ生きている。闇《やみ》の中で、ひとり孤独《こどく》に。だがまだ息をしているし、心臓《しんぞう》も鼓動《こどう》を打っている。

だが、サファがあそこでどんな謀反《むほん》をたくらんでいることか。鍵穴《かぎあな》から番兵たちに、何やらささやきかけているかもしれないではないか？

女帝は徹底《てってい》してことに当たらなくてはならない。いとしいこの国の幽霊たちは、自分に恩《おん》を感じて、危《き》険《けん》を知らせにやってきてくれたのだ。

国民に心から愛されている証拠《しょうこ》をまのあたりにして、女帝の目に思わず涙が浮《う》かんだ。自分を憎み、反《はん》逆《ぎゃく》を起こそうとする、人間とも思えぬ、心のねじ曲がった裏切《うらぎ》り者《もの》も何人かはいる——が、ほとんどの者たちは、ありがたいことに、心正しく、忠誠心《ちゅうせいしん》にあふれ、礼にあつく、自分を心底愛してくれているのだ。だからこそ、死者の国からもどってきて、危険を知らせ、手段《しゅだん》をこうじて身を守るようにと願っているのだ。

「心づかい、ありがたい——そなたたちに祝福のあらんことを！」女帝は幽霊たちに話しかけた。「わたしは約束する。そなたたちの忠告《ちゅうこく》をききいれ、あの子を殺すことにする。そしてそなたたちの一員に加えよう。あの子もおまえたちといっしょに立って、わたしをみつめるがいい。斧《おの》や短剣《たんけん》は血を流す。だが、みつめるだけで、血は流れぬ」

幽霊たちはうれしそうな顔も不機嫌《ふきげん》な顔もしなかった。ただ立って、みつめるだけだ。

「あの子が死んだら」女帝がいった。「後世に残る葬儀《そうぎ》を行おう。人々はこう語りつぐことだろう。『陛下《へいか》は、皇子様を本当に愛していらしたにちがいない！　皇子様の死を命令しなくてはならなくなったとき、どんなにお苦しみになったことだろう！』人々は歌を作るだろう。女帝マーガレッタの嘆《なげ》きの歌を！」

女帝はため息をつき、やがて作らせることになる美しい棺《ひつぎ》を心に描《えが》いた。歌と儀式《ぎしき》を思《おも》い描《えが》いた。壮大《そうだい》な墓《はか》も作らせよう。母親と父親の墓の間に。そして毎日そこにいって、甥のために涙を流すのだ。なんといたましい！　その悲しみにくれた姿をみて、国民はどんなに心を痛めることだろう。

女帝をみつめる幽霊たちの顔に、悲しみの色はなかった。

あわれな女が、やっかい者の親戚《しんせき》の死を願ったところで、それがどんなに真剣《しんけん》なものであろうと、はかない望みにすぎない。だが女帝が同じことを願ったとすると、それが現実のものとなるのは、まず間違《まちが》いない。

第十三章 チンギスとクマ

さあ次に何を話そう（と猫《ねこ》はたずねる）。

沈黙《ちんもく》に閉《と》ざされ、薄闇《うすやみ》に閉ざされた宮殿《きゅうでん》、金箔《きんぱく》と漆《うるし》で塗《ぬ》られた迷路《めいろ》のような宮殿の中で、女帝《じょてい》は夜もふけたというのに、眠《ねむ》ることも忘《わす》れて、きく耳を持たない幽霊《ゆうれい》たちに葬式《そうしき》の段取《だんど》りを話してきかせている。壮麗《そうれい》な音楽を作らせよう。石工に墓《はか》を作らせよう。わたしの着る物も作らせねば。黒いビーズをびっしり縫《ぬ》いこみ、布《ぬの》ではなく石炭でできたようにみえる着物がいい。女帝は、それがだれの葬儀《そうぎ》ともいわなかったが、知らない者はなかった。

宮殿のはるか上、れんがの壁《かべ》にかこまれ、サファは丸天井《まるてんじょう》の部屋の中で闇《やみ》に包まれていた。ちょうどクルミの殻《から》に閉じこめられたダニのように。だが、心はいつもそこにいるわけではない。

さて、ようやくこれから何を話せばいいかわかってきた（と猫はいう）。クマの毛皮をまとった魔法使《まほうつか》いクズマのことから語ろう、それから、死んでしまった魔法使いチンギスのことを。

クズマの家もニワトリの脚《あし》にのっていたが、それは骨《ほね》の脚だった。クズマは家の中で、ベッドに横になり、夢《ゆめ》をみながら眠っている。夢の中には真紅《しんく》の川があった。その川を流れてくるのは流木ではなく、骨だった。クズマは、ぼんやりかすむむこう岸をみた。かたい音を立てる鉄の木が映《うつ》っている。川面《かわも》に映った灰色《はいいろ》の木は、赤黒くみえる。

夢の中で、クズマは川ぞいに歩きながら、恐《おそ》る恐るむこう岸をみつめている。たったひとり暗闇《くらやみ》の中で、恐ろしいものが出てきはしないかと、あたりの木々をうかがいながら、目をそむけるのはもっと怖《こわ》い、そんな気持ちを味わいながら。すると、何かが鉄の森から出てきて、川ごしにこちらをみた。

クズマは闇の中で目をこらす。鉄の木の張《は》り出《だ》した枝《えだ》の下に、四つの人影《ひとかげ》がみえる。先頭に立っているのはチンギス。鉄のイバラのせいで着ている物はずたずたに裂《さ》けている。肩《かた》には弓を、背中《せなか》には矢筒《やづつ》をかけている。

チンギスは弓に矢をつがえると、クズマをねらいながら川をわたり始めた。赤い水が腿《もも》までやってきたとき、流れてきた骨がいくつか腰《こし》にまつわりついた。チンギスは矢を放った。矢は高く高く飛んでいったが、やがて弧《こ》を描《えが》いて赤い水に突《つ》き刺《さ》さった。

クズマは目を覚まして、この世界にもどってきたが、夢の中で味わった強烈《きょうれつ》な寒気はおさまらなかった。夢が意味していることは、はっきりしている。チンギスは死んだが、復讐《ふくしゅう》をしようと考えているのだ。チンギスは今、死の世界の境《さかい》にいて、そこからでる道をさがしている。

だが心は、それを守ってくれる体なしでは、無事にこの世界にもどってくることはできない。そうか、それでチンギスは、わしがほかの世界にいくときをねらっているのだ。わしの体が眠っているときに、心と心で戦おうともくろんでいるのだろう。

そんなことをさせるものか。心と心でチンギスと戦うのはまずい。あの力と怒《いか》りにかなうはずがない。だれが戦ったりするものか。こちらが絶対《ぜったい》に勝てるようになるまではな。

クズマは年寄《としょ》りで、眠りは少しで足りた。天井《てんじょう》の梁《はり》から薬草の根や葉を取ってくると、その液《えき》をしぼって、眠気《ねむけ》をさます薬を作った。眠らなければ、心が夢の中にさ迷《まよ》いでることはなく、チンギスはこの世界にやってきて戦わなくてはならなくなる。そしてこの世界にやってくるためには、だれかの体に入りこまなくてはならない。そうなれば、戦う相手はふたり。クズマと戦い、のっとった体の心とも戦わなくてはならなくなるのだ。

勝利を確信《かくしん》すると、クズマは落ち着きをとりもどした。

そして眠気をさます薬を飲んで、声に出して叫《さけ》んだ。「くるならこい、チンギス。今度こそ、とどめをさしてやる。死の世界での死を味わうがいい」

一カ月のあいだ、クズマは家を同じところに置いたまま、夜になると眠気をさます薬を飲み、目を見張り、耳をすまして、近づいてくるものすべてに神経《しんけい》をとがらせていた。一千回、クズマは、きた、と思って立ち上がり身がまえた。そして一千回、まだそのときではないと気がついた。

さすがのクズマも疲《つか》れてきて、眠気をさます薬にほかの薬草を足した。すると何時間かは力がわいてきたが、そのあと、いっそう疲れてきた。薬をひとすすりするたびに、一年寿命《じゅみょう》が縮《ちぢ》んだ。そばにきもしないチンギスに、殺されているようなものだった。

チンギスがなかなかやってこないのは、何か自分にはわからない企《たくら》みがあるからではないか。クズマは不安になってきた。少しでも早く、なんらかの形を取ってやってきてくれればいい。そうすれば罠《わな》にかけてやれるし、体の自由を奪《うば》ってやれるし、殺してやれる。

クズマの家が叫び声をあげ、けたたましく鳴きだした。何者かが近くにやってきたのだ。クズマは眠気をさます薬を鉢《はち》にいっぱい飲みほしてから、戸の前までいった。

雪の中にチンギスの死体が立っていた。まっすぐに立って歩いている。そして冷たい手には斧《おの》が握《にぎ》られている。

クズマの心臓《しんぞう》は縮みあがった。この百五十年というもの、これほどの恐怖《きょうふ》を味わったことはない。くるのに時間がかかったのは、このせいだったのか。チンギスの死体は、殺された場所から立ち上がって、一歩一歩、重い足を引きずりながら、クズマをさがしてはるか彼方《かなた》からやってきたのだ。クズマも、これほど強い心は、伝説の中でしか知らなかった。

しかしクズマはにやっと笑うと、家の前の踏《ふ》み段《だん》に座《すわ》った。斧を持った死体など、毎日でも顔を合わせている、といわんばかりの表情《ひょうじょう》だ。「よくきた、よくきた」クズマがいった。「わしは知らないが、おまえは死の世界から抜《ぬ》け出《だ》す道を知っているらしいな」

力ではかなわないと思ったクズマは、知恵《ちえ》で相手を出し抜こうと考え、うまく罠にかけて、チンギスが秘密《ひみつ》にしていることをきき出してやろうと思ったのだ。「おまえは思っていた以上に力のある魔法使いらしい。死体を着て、どうやって、ここまでやってきた?」

チンギスが答えると、クズマは喜んで耳を傾《かたむ》けた。チンギスの言葉は、その冷たくこわばった口から、のたくるようにすべり出てきた。「わたしは死の世界とこの世界との境に立っていた。そこでは心がやってきて、夢や思いの中に入っていく。そこからみると、わたしの体は、おまえの手で大地に釘《くぎ》づけになったまま横たわっていて、それを食べようとオオカミや鳥がやってきた。わたしは怒《おこ》り、あさましい獣《けもの》や鳥のすさんだ心の中にやすやすと入りこんだ――が、入りこんだことを獣や鳥に気づかれるまえに、そこから抜け出て、自分の死体にもどってみた。家は冷たかった。クズマ、温かさも光もない。まぶたをこじ開けて、この世の光をみようとしてみたが――ほら、みるがいい！　オオカミが片腕《かたうで》を食べてしまっていた」

チンギスは重い体を動かして、右腕《みぎうで》を差し出した。それは、わずかな肉のこびりついた骨だった。

「クズマ、この舌《した》を歯にあてて話すのさえ大変で、木の櫂《かい》で岩をたたくようなものだった。頭を上げるのは、細い草の葉で石を持ちあげるようなものだった。それはそれは大変だった！　だがわたしには力がある。わたしは頭をあげ、舌を動かし、オオカミや鳥を追《お》い払《はら》った。それからこの手と腕《うで》を使って、おまえが打ちこんだ杭《くい》を引き抜き、この体を起こした。このほっそりした背の高い体を起こして、立ち上がらせた。小石をつなげた首飾《くびかざ》りをまっすぐに立てるほうが、よっぽど簡単《かんたん》だ！　とても無理だと思った――が、おまえにこの話をしてやろうという一念で、なんとかやってこられた……。この斧は、おまえが焼《や》き払《はら》った村から持ってきた。みるがいい、火のせいで刃《は》が少し欠けているが、まだ鋭《するど》い。この死体は立ち上がってからというもの一度も、立ち止まることもなければ、横になることもなかった。ただひたすら鼻をおまえのほうにむけて、一歩、一歩、進んできた。これをすべて語るようにというのが、わたしのおばあさまの助言だった。この話をきけば、おまえの血はわたしの血と同じくらい冷たくなるだろう、と教えてくれたのだ。その顔色からみるに、どうやらおばあさまのいったとおりになったらしい」

「おまえは斧を持っている」クズマがいった。「わしにも、家の中の斧を取ってこさせてくれ」

クズマは立ち上がると家の中にもどった。死体はクズマのしたいようにさせた。

中に入ると、クズマは斧を取って、その柄《え》をベルトにはさみ、壁から魔法の太鼓《たいこ》を取って肩にかけた。棚《たな》から瓶《びん》を取ると、その中にあった粉を口いっぱいにふくんだ。体に力をみなぎらせる粉だ。

そして太鼓や斧やいろんなものを身につけた上から白クマの毛皮をかぶり、呪文《じゅもん》をとなえた。クズマはクマの毛皮をまとって体をゆすると、一頭の白クマになった。クマの姿《すがた》に変わったクズマは家の戸からとび出し、チンギスの前をかすめ、地響《じひび》きを立てながら、大股《おおまた》で雪の上をいっさんに駆《か》けていった。

ひとまず逃《に》げのびて、チャンスをうかがおうと考えたのだ。だがクマが家からとび出してきたとき、いがのある小さな種が小枝《こえだ》についたまま飛んできて、クマの体に落ち、しっかりくっついた。チンギスが、四人の心もろとも死体を小さな実に変えてしまったのだ。小枝は斧だった。

だが、いつまでも小さいままでいることはできない。チンギスは姿を変え、ヒルになった。それも大きなヒルで、厚《あつ》い毛の中にもぐりこんでクマの皮膚《ひふ》にたどりつくと、血を吸《す》い始めた。

クズマは、いがのある種がくっついたのも、ヒルが吸いついたのも知らず、うまく逃げおおせたと思いながら走り続けた。衰弱《すいじゃく》が心臓をつかみ、骨をゆさぶったが、クズマは、疲れのせいだろうと思っていた。

クズマの体力が弱まるにつれて、チンギスの体力は増《ま》していった。クズマの体に力をみなぎらせていた粉は、血といっしょに吸い上げられ、チンギスの体の中に流れこんだ。ヒルはふくれあがった。クマの脚は動きをとめ、重い体の下でがくがく震《ふる》えたかと思うと、頭が雪の中に突っこんだ。チンギスはもとの姿にもどり、クマの体の上にまたがると、頭上高く斧を振《ふ》りあげた。

すくみあがったクズマの上に、死の斧が振りおろされた。

ふたつの体――死んだ体と、死にかけている体が、雪の上に転がった。転がった拍子《ひょうし》に、クマの毛皮が割《わ》れて、中からクズマの顔が現《あらわ》れた。

チンギスはまるでキスでもするかのように、口を寄《よ》せた。

クズマの心は死にかけた体から離《はな》れようとしたが、出口をふさがれ、チンギスの口から飛び出してきた四人の心に襲《おそ》いかかられた。

鉄の森を抜けて長い旅をしてきた四人の心は、ひたすら逃げることを願っている心にとびかかり、しっかりつかまえた。四人の心はクズマの心を、髪《かみ》と空気でできた網《あみ》でからめとり、言葉と音楽でしばりつけた。それからはるか彼方の別の世界に運んでいき、瓶に詰《つ》めてコルクの栓《せん》をし、木の枝で作ったかごに入れ、ガラスの棺《ひつぎ》に封《ふう》じこめ、洞穴《ほらあな》に放りこんで、入り口を岩でふさいだ。そして老婆《ろうば》がクズマの心を見張ることになった。ほかの三人の心は新しい家に入り、力を合わせてそれを動かした。

クズマの体はまだ古びておらず温かく、新たに中に入りこんだ心の思うままに動いた。

クズマの体は立ち上がると、チンギスの死体をみおろした。

クズマの体は、動くのにほとんど抵抗《ていこう》がなかった。少し歩くと、後ろを振り返った。後ろをみたのはクズマの目だったが、その目でみているのはチンギスの心だった。森の中から一匹《ぴき》のオオカミがチンギスの死体のほうに駆けていくのがみえた。

骨の脚の上にのっているクズマの家は、主人がもどってくるのに気づいたが、本当の主人ではないことを感じとっていた。家はけたたましい鳴き声をあげて戸を閉めたが、チンギスがクズマの口で命令すると、ふたたび開いた。家はしょせん、家にすぎない。主人の体がやってくれば、いくら死《し》んでいても、歩いてやってくれば、入れないわけにはいかない。

家の中では、梁に薬草が干《ほ》してあり、棚には瓶が並《なら》び、壁には太鼓や笛やマンドリンがかかっている。テーブルの上にはなんの飾りもない大きな木の箱がのっている。チンギスは気になって、クズマの手でその箱を開けてみた。

箱の中には氷のリンゴがいくつも入っていた。冷気がリンゴの香《かお》りのする冷たい霧《きり》となって立ちのぼる。リンゴはガラス細工のようで、皮は透《す》き通《とお》っていて、ほとんど色ともいえないような緑をしている。果肉も透き通っていたが、中に封じこめられた光のせいでミルク色をおびている。果汁《かじゅう》のしずくがひとつひとつ、霜《しも》のようにきらめいている。

中心には花模様《はなもよう》の芯《しん》と黒い種が浮《う》かんでいる。

チンギスは――クズマの指で――へたをつまんで、リンゴを取りあげ、くるりとまわしてみた。黒い種がまわった。リンゴはあたりの光をすべて吸い取って、輝《かがや》きだした。しかし熱くはない。水中で光っているような、ぼんやりした柔《やわ》らかい光は、雪にみられる、かすかな淡《あわ》い緑を帯びている。

氷のリンゴはとても珍《めずら》しいもので、それにくらべればダイヤモンドなど浜《はま》の砂粒《すなつぶ》くらいにありふれたものだった。ユニコーンのほうがまだみつけやすい。そのリンゴが、いくつも箱の中にあって、雨夜の月の光のように輝いているのだ。

クズマの手が動き、持っていたリンゴを白クマのコートの中に入れた。氷のリンゴは氷の心臓に押《お》しつけられた。

第十四章
氷のリンゴ

さあ、これから葬儀《そうぎ》の様子を語ろう（と猫《ねこ》はいう）。

宮殿《きゅうでん》は、ひとつ屋根の下の都。最《もっと》も都といえばたいていは、光と喧騒《けんそう》に満ちているものだが、この宮殿はいつも、息をひそめた沈黙《ちんもく》と薄闇《うすやみ》に閉《と》ざされている。この薄暗《うすぐら》い静寂《せいじゃく》の中を兵士たちが行進してきた。昼なのか夜なのか？

宮殿では、昼と夜は命令によって決まる。

ろうそくの光は多くのあでやかな色を黒く変えてしまい、黒いベルトのついた軍服は、黒の上に黒を重ねたようにしかみえない。

燃《も》えるろうそくのかすかな音と、ベルトや剣《けん》の空気をくすぐる音と、厚《あつ》い靴底《くつぞこ》が絨毯《じゅうたん》や石段《いしだん》の上できしむ音を引き連れて、兵士たちは最も高い塔《とう》の階段《かいだん》をのぼり、丸天井《まるてんじょう》の部屋の扉《とびら》を開けた。

皇子《おうじ》サファは、兵士たちがやってくるのを待っていた。ろうそくの弱い光にさえ目がくらんでしまったが、喜んでついていった。そしていっしょに歩きながら、まるで音楽のリズムに合わせているかのように、うなずいてはあたりをみまわした。

宮殿は静まりかえっていて、音楽などきこえるはずがない。だが、皇子は頭がおかしいというのは、だれもが知っていた。

階段をおり、沈黙の廊下《ろうか》を歩いていくと、広い廊下にでた。そこの壁《かべ》や天井にはドラゴンや花が描《えが》かれていて、燭台《しょくだい》が近くに置いてあるところでは、急に明るくなり、深い赤や緑の光が輝《かがや》く。

そこで兵士たちは、僧侶《そうりょ》と少年の一団《いちだん》にぶつかった。僧侶たちは高い帽子《ぼうし》をかぶり、黒くかたそうな僧《そう》服《ふく》を着ている。少年たちは白い着物をきて、金の鎖《くさり》につるした金の香炉《こうろ》をゆらしている。香炉からは煙《けむり》が立ちのぼっている。

それからもうひとり、首切り役人がいた。大きな斧《おの》を肩《かた》にかけている。着ている物は茶色にみえたが、多くのろうそくの光に照らされると突然《とつぜん》、それが赤く燃えあがった。首切り役人の横に棺《ひつぎ》が運ばれている。棺は黒い水のように、そばのものをすべて映《うつ》し、ろうそくが何本もともされている燭台の下を通ると、その上で光がゆらめいた。

ほかの廊下を音もなくやってきたのは、女帝《じょてい》と近衛兵《このえへい》、それと幽霊《ゆうれい》。

女帝の黒い着物は黒いビーズがびっしり縫《ぬ》いこまれているために布《ぬの》はどこにもみえず、歩くたびにかしゃかしゃ音を立てた。

幽霊たちは女帝のすぐそばを歩きながら、ビーズの着物のすそをふんでいた――が、幽霊の足に重さはない。

女帝は横目で幽霊をみたが、これから行う処刑《しょけい》のことを思い出して、立ち止まり、すすり泣いては目をぬぐった。それから素早《すばや》くまわりをみて、いとしい兵士たちがこの悲しげな様子に心打たれ、あとでほかの者たちに伝えてくれるだろうかと考えた。

女帝の耳にはもう、みなの語る話がきこえていた。慈悲《じひ》深い陛下《へいか》はわれわれのことを深く愛し、深く思いやるあまり、泣く泣く、いとしい甥《おい》を処刑させたのだ。甥のよこしまな計略《けいりゃく》からわれわれを救うために。なんと気高い犠牲《ぎせい》の精神《せいしん》だろう！　陛下はわれわれにとって、頼《たの》もしい、いつくしみにあふれた母であり、われわれのために悲しみと苦しみに耐《た》えてくださっているのだ。マーガレッタはもう一度目をぬぐい、兵士たちをみた。

大広間では、廷臣《ていしん》たちが女帝の到着《とうちゃく》と、処刑される皇子の到着を待っていた。廷臣たちは立ったまま、女帝の椅子《いす》をみつめている。ろうそくの煙はろうそくの光の中をうっすらと漂《ただよ》い、暗い屋根の下で雲のようにたちこめている。絵の描かれている窓《まど》は最も暗く最も深い色をたたえており、壁には花やツタや森が描かれているが、煙と暗闇《くらやみ》におおわれている部分は灰色《はいいろ》にくすみ、光に近い部分は燃え上がるような赤や青や緑や金に輝いている。

一方の扉から兵士と首切り役人と僧侶と棺と皇子が入ってきた。

行列は驚《おどろ》いて止まり、後ろの兵士は僧侶にぶつかり、僧侶は身を引いて兵士に倒《たお》れかかった。だれもが女帝の椅子をみて、立ち止まった。

皇子は処刑のときに――それが自分の処刑だというのに――どう振《ふ》るまえばいいのかわからず、女帝の椅子に続く階段の下の段までふらふら歩いていった。そして足を止めると、椅子をみあげた。その部屋にいる人間の中で、皇子だけが平気な顔をしている。

もう一方の扉から女帝の着物の音が響《ひび》いてきた。石炭でできたようにみえる着物のひだが、ゆれるたびに固い音を立てる。それから女帝の行列が入ってきた。

廷臣も兵士も僧侶も、だれひとり女帝のほうをみる者はいない。どの目も女帝の椅子に釘《くぎ》づけになっている。

女帝もそちらをみて――足を止めた。息まで止まったかにみえた。そして次の瞬間《しゅんかん》、女帝は大きく息をのみ、その音が部屋じゅうに響いた。

大きく息を吸《す》いこんだ女帝は、叫《さけ》んだ。「嘘《うそ》つき、嘘《うそ》つきめ！　おまえはそれが望みで、甥を連れてきたのか！」

椅子にはクズマが座《すわ》っていた。両手をひじかけに置いている。アナグマのような白と黒の縞《しま》になった髪《かみ》は、体にまとっている黄色がかった白く厚い毛皮の上にたれかかっている。のびほうだいの髪の中から鋭《するど》い顔が、クマの毛皮よりも白い顔が、こちらをみつめている。

クズマは女帝をみおろしていった。「弟子《でし》をおまえのもとに連れてきたのはわしではない。わしは弟子をおまえから連れもどしにやってきたのだ」

女帝は、自分の椅子に座っているクズマをみた。かつてサファを連れてきたクズマを。そして、とんでもない嘘をきかされて怒《いか》り狂《くる》った。面とむかって、このような愚《おろ》かしい嘘をつくとは！

女帝は冠《かんむり》の石と同じくらい顔を赤く染《そ》め、両手を握《にぎ》りしめて、ぶつけた。あまりの怒りに、しゃべることもできなかったのだ。

クズマはにやっと笑って立ち上がった。女帝の椅子から厚く重く柔《やわ》らかいクマの毛皮がすべって、足元に落ちた。

クズマは片手《かたて》を上げてサファに手まねきした。サファはそちらにいこうとした。

だがマーガレッタは手をのばして、サファの手首をつかみ、ぐっと引きよせた。

「この子を皇帝《こうてい》にするつもりなのか？」女帝は叫んだ。「そんなことをさせてなるものか。首切り役人！」

首切り役人は、サファがまっすぐ立ったままなのにもかまわず、その首めがけて大きな鋭い斧を振った。

部屋じゅうのすべての口が叫び声をあげた。斧から必死に顔をそむけた者もいたが、必死にみようとした者もいた。

サファは飛びすさると、斧から身を守ろうとでもいうように手を上げた——が、すぐに手をおろし、斧の刃《は》のほうへ首をのばした。斧がサファの顔に触《ふ》れた瞬間、冷たい水が降《ふ》りかかり、波が押《お》し寄《よ》せた。

首切り役人はあとずさって、両手をあげた。水にぬれた手には何もない。階段も床《ゆか》も女帝もみな、海水にぬれている。女帝はサファから手を放し、ぬれた両腕《りょううで》を広げ、呆然《ぼうぜん》とぬれた着物をみつめた。

サファは階段を駆《か》けあがってクズマのそばに立ち、両手で顔をぬぐった。

クズマは重いコートのポケットの中から何かを取り出して、床に放り投げた。それは大きな音を立てて転がった。丸くなめらかな水晶《すいしょう》の小さな玉で、とてもかたく、もっと高いところから投げられても、ひびが入ったり、欠けたりすることはなさそうだ。

「その玉に」クズマはいった。「言葉を刻《きざ》みつけておいた。おまえたちには読むことも、みることもできない——が、玉からその言葉を消さないかぎり、わしの弟子に手出しはできない」

人々は——武器《ぶき》を持った兵士までも——あとずさり始めた。女帝の椅子と、その前に立っている魔法使《まほうつか》いから離《はな》れようとした。

クズマは厚いクマの毛皮をまとい、襟《えり》を立てて首を包むと、クマの頭の帽子をかぶった。「わしは……もう死んでいる。これ以上死ぬ心配はない」

そういうとクズマは椅子の前の階段を一気に飛びおりた。

人々は叫び、大声で笑った。魔法使いがまっさかさまに飛びおりてきたのだ。まるでとんぼを切ろうとする道化師《どうけし》のように。

だが魔法使いはとんぼを切らなかった。階段の上から飛《と》び降《お》りたのは男だったが、下に降り立ったのはヘビのような長い首をもつクマだった。クマは四本の脚《あし》をのばし、爪《つめ》をむきだした足で床を打った。

女帝は部下たちの先頭に立った。先頭に立って、恐《おそ》ろしいクマからいっさんに逃《に》げることにしたのだ。

部屋のあらゆる扉に、人々が突進《とっしん》した。その様子はすさまじい勢《いきお》いで流れる川のようだった。

部屋のすべての扉に押し寄せて、押し合っている人々は、女帝に近づこうとするクマのゆくてをさえぎる格好《かっこう》になった。クマは吠《ほ》え声《ごえ》をあげた。

その吠え声をきいて、廷臣も兵士も僧侶も、あちこちの部屋の扉を押し開け——雪崩《なだれ》のように駆けこむと、急いで扉を閉《し》めた。

クマは閉まった扉の前を駆け抜《ぬ》け、悲鳴をあげている女帝を追った。女帝はいくつもの扉を開け、いくつもの扉を閉めていったが、なんの役にも立たない。追いかけてくるのは、クマの歯と爪を持ってはいるが、魔法使いなのだ。どんな扉も魔法使いの前では、ないも同然だった。

女帝は次から次に扉を駆け抜けた。脚にまつわる着物のすそは黒いガラスのように輝き、鐘《かね》のような鈴《すず》のような音を響かせた。走るにつれて、鍵《かぎ》のかかっている扉が増《ふ》えていった。女帝は、入れろとばかり扉を激《はげ》しくたたいたが、中にいた人々は口を閉ざしたまま、きこえないふりをした。

長い廊下にやってきた女帝は、片っ端《ぱし》から扉にぶつかって、こぶしでなぐりながら叫んだ。「女帝を中に入れよ！」

扉のむこうから返事がかえってきた。「ああ陛下、開けたいのはやまやまですが、鍵がこわれてしまって、開かないのです」

「ああ、今、必死に開けようとしているのですが、陛下、扉が湿気《しっけ》のせいでゆがんでしまったらしく、びくともしないのです」

「いや、わたしは開けたいのです、扉を開けてさしあげたいと思っているのですが、ほかの連中が邪魔《じゃま》をして、開けさせてくれないのです！」

返事を最後まできくまもなく、クマが追い駆けてきた。女帝はビーズの着物を鳴らしながら次の扉まで駆けていった。

鍵をかけた扉に体を押しつけるようにして、中の人々は耳をすましていた。女帝の着物が床をこする音とビーズのふれあう音が響いた。その音と悲鳴が遠のくと、大股《おおまた》でかけてくるクマの重い足音がすぐにきこえてきた。爪が絨毯をつらぬいて石の床をひっかく音と、ごわごわした毛が空気を切るうなりがきこえてきた。

人々は床の上で小さくなり、クマとの間に扉があるのを喜びながら、この追跡《ついせき》ゲームの結末がどうなるのか、きき耳を立てていた。

宮殿の最も高い塔の階段の番兵たちは、はじめてその役を解《と》かれ、ひとり残らず皇子の処刑にいっていた。そこへ女帝が駆けこんできた。しかし着ている物が重くて、階段をのぼることができない。階段は急だったし、女帝は歳《とし》を取っているうえ、長い距離《きょり》を走ってきたばかりだ。階段の上に倒れた女帝をクマが追ってきた。女帝は体を起こすと、クマにむかって話しかけた。そして話しながら、ビーズを縫いこんだ着物を引きずって、階段をずりあがっていった。クマは追ってきた。ゆっくり、一歩一歩近づきながら、大きな歯をむきだした。

女帝はクマにむかって、土地を与《あた》えよう、莫大《ばくだい》な財産《ざいさん》を与えよう、称号《しょうごう》を与えよう、高い官職《かんしょく》を与えよう、軍隊の重要な役を与えようと、話しかけた。

緊急《きんきゅう》会議を召集《しょうしゅう》する、皇子をつかまえた者を探《さが》させる、首謀者《しゅぼうしゃ》をみつけだすと約束した。

女帝はあとずさって階段をあがりながら、その疲《つか》れはて、おびえきった頭が考えつくかぎりの嘘を並《なら》べたて、あることないこと約束した。

わたしを殺さず、みのがしてくれれば、甥のサファをわたそう。好きなようにすればいい。もし食べ物がほしいのなら、わたしの部下から好きな者を選ばせてやる。死ぬまで毎日、好きなように料理して出させよう。

だがクマはゆっくりと女帝のあとを追ってくる。女帝のいうことなど、これっぽっちも耳に入っていない様子だ。ほかにいったい、何を約束すればいいのだろう？　奨学金《しょうがくきん》をもらって大学にいきたいのか？　船長になりたいのか？　教会のえらい神父にしてほしいのか？　さすがの女帝も、最後にはクマに人間の知恵《ちえ》を期待するのをあきらめた。これは本物のクマで、人のいうことなど理解《りかい》できない——だませなかったということは、そうにちがいない。

階段をぐるぐるまわりながら、クマと女帝は上へ上へとあがり、ついにいちばん上までやってきた。女帝は丸天井の部屋に駆けこんだ。ぐるりを壁でかこまれた、窓のない部屋は真っ暗だった。それを追って、小さな扉から、小さな部屋に、大きなクマが飛びこんできた。

いったい、ここからどこへ逃げればいいのだ？　逃げ場はない。もう一度外へ出て、階段を下りるしかない。

しばらくすると、クマが外に出てきた。階段をぐるぐるおり始める。その後ろを、転がりながら、ぶつかりながら、大きな音を立てて、女帝の王冠《おうかん》が追いかけてくる。階段にぶつかるたびに、赤い石がはずれ、暗い石段の上に置き去りにされていった。赤い石は色も輝きも失《う》せている。

いきなり風が起こったかと思うと、次第《しだい》に強くなって、クマの毛を逆立《さかだ》て、クマを追って階段をおり、廊下を抜け、閉めきって鍵をかけた扉の前を駆け抜け、絨毯の毛をあおり、壁《かべ》かけを震《ふる》わせた。

廊下の、高い窓からこぼれる宝石《ほうせき》のような光の中で、クマは立ち上がった。目のまわりに黒いしみがついている。日の光のもとで、それがどんな色にみえるのかは、だれにもわからない。クマが頭を後ろに押しやると、クズマの顔が現《あらわ》れた。クマの毛皮の前がコートのように開いて、中から魔法使いのローブが現れた。赤い石が輝きを失ったときに起こった風はクズマの髪とひげを吹き乱《ふみだ》し、さらに強くなって、クズマの着ていた重い毛皮を吹きあげ、まるで布切のようにゆらした。クズマの死体は宮殿の中を歩いていった。だれもいない。みんな隠《かく》れてしまっているのだ。

クズマの死体は大広間に入った。風も追いかけてきて、大きな音を立てて扉を通り抜けると、絵の描かれた壁にかかったカーテンをなぐりつけていった。中に人影《ひとかげ》はなく、ただ女帝の座る椅子に、サファが腰《こし》かけているばかりだった。

クズマは階段の下で立ち止まり、上をみあげていった。「もう皇帝になってしまったのか？　それが望みなのか？」

サファが答えた。「ねえ、チンギス、これからどこへいくの？　ぼくもいっしょにいきたいよ」

「どうして、わしのことをチンギスと呼《よ》ぶのだ？」クズマがたずねた。

「チンギスったら、ぼくにだってわかるよ。そこにいるのはマリエンと——それから、あとふたりいるね。チンギス、ぼくを魔法使いにしてよ」

「魔法使いになるためには、死の世界を旅しなくてはならない」

「いっしょに、そこに連れてって！」

「われわれはそこへいく途中《とちゅう》だ——が、あと百年はもどってこないぞ」

サファは椅子から立ちあがると、階段をおりた。「チンギスが選ぶところなら、どこでもいいや。そこがぼくのいきたいところなんだ」

チンギスはクズマの死んだ手で、クズマのコートから氷のリンゴを取り出した。リンゴはきらめき、まわりの光を吸い取って、さらに明るく輝いた。かぐわしく冷たいリンゴの香《かお》りがサファまで届《とど》いた。サファは、その氷水のような果汁《かじゅう》が口の中に広がるような気がして、思わずつばを飲みこんだ。

サファはクズマの手から、チンギスの差し出したリンゴを受け取った。リンゴは凍《い》てついた金属《きんぞく》のように、ぴたりとサファの手にくっついた。

口に持っていくと、それは冷えきった氷のように唇《くちびる》にくっつき、舌《した》にくっついた。

かじると、歯の間で、氷のように軽い音を立てて砕《くだ》けていった。サファは冬を飲みこみ、チンギスについて、死の世界への門をくぐった。

ところで女帝はどうなったのだろう？　なんの形跡《けいせき》も残っていなかった。ただ――だれかがランタンをさげて丸天井の部屋にはいってみたところ――すさまじい量のビーズがみつかっただけだ。

ただ、賢《かしこ》い猫には、これくらいはわかる。魔法使いと白クマの胃はとても消化する力が強く、クジラの肉さえ、いや小さければ骨《ほね》まで消化してしまうことができる。だが、石炭のようなビーズは無理だ。

女帝の心はどうなったのか、というと、クズマの心同様、とらわれたまま死の世界にいってしまった。

女帝のいなくなってしまった国は、どうなったのだろう？　まあ、だれにでも想像《そうぞう》がつくだろう。なんのことはない、金と権力《けんりょく》を持った者が争い、だれが次の皇帝になるかを決めただけのことだ。

そして勝者が皇帝の椅子と宮殿と王冠を手に入れた。新しい支配者《しはいしゃ》は冷酷《れいこく》で、他人を信用せず、気まぐれで、理不尽《りふじん》な人間だった……というか、そういう人間になっていった。

皇帝とか女帝というのは、そういうものだ……というか、国というものが、そういう人間を作ってしまうのだろう。

もし世界から皇帝がひとりもいなくなったとしたら、どうなるだろう。そのときには、残った者たちの中で最も貪欲《どんよく》で、最も冷酷で、最も信用できない者が自分のことを皇帝と呼ぶようになるだろうし……ほかの者たちも、そういう人間の好き勝手にさせることだろう。

だが、われわれが皇帝を愛する必要はないし、われわれが皇帝になる必要もない。

第十五章　巻《ま》き終わった金の鎖《くさり》

さあ（と猫《ねこ》は語る）、最後をしめくくるとしよう。あと一滴《いってき》でコップがいっぱいになる。

冬至《とうじ》の日、半年続く闇《やみ》の真ん中の真夜中。あれから五百年が過《す》ぎた。しかし、冬はいまだに変わらない。ほんの少しまえに降《ふ》り積《つ》もった雪が、今はもう凍《い》てつき、氷のようになっている。はるか上のほうでは、闇の中で空の星が白く輝《かがや》き、足元では雪の星が、白い雪の中で白く輝いている。空の星と雪の星との間では、うっすら光るミルク色のカーテンが震《ふる》えている。

どこまでも広がる雪と闇の中に、ひとつの村がある。なかば雪に埋《う》もれ、どの屋根でも凍《こお》りついた雪が、きしるような、うなるような音を立てている。この村で、冬至の夜、わずか一時間ばかりの間に、五人の子どもが生まれた。

これほど短い時間に、五人もの子どもが生まれたことはそれまでなく、村人たちはおびえた。不自然だ。何か悪いことが起こる前兆ではないか。

赤《あか》ん坊《ぼう》のひとりは老人のような白い髪《かみ》をしていて、それが生まれたばかりの肌《はだ》のしわによく似合《にあ》っている。もうひとりは、首に細長いあざがある。できたばかりのナイフで切りつけられたかのようだ。

村人たちは雪の中を家から家へと訪《たず》ねまわり、こういう出来事《できごと》を知った。そして新しい子どもたちの誕《たん》生《じょう》を祝い、祝杯《しゅくはい》をあげ、喜びの気持ちを歌いたかったが、悲しくてならなかった。この子たちを育てるのはよくない、村人たちはそういいあった。母親たちは赤ん坊を裸《はだか》のまま雪の上に置いて、泣《な》き疲《つか》れさせ、死なせてやるべきだ。

ところが五人の子どもが生まれて一時間もしないうちに、また不思議なことが起こった。それが良い兆《きざ》しなのか、悪い兆《きざ》しなのか、だれにもわからなかった。明るい星からたれさがっていたうっすら光るカーテンが割《わ》れて、明るい光が、ゆらめきながら近づいてきたのだ。

村人たちはショールと毛布《もうふ》にくるまって雪の中に立ちつくし、恐《おそ》れと希望を抱《だ》いて、光が近づいてくるのをみていた。きっと何か、とんでもないことが起こるにちがいない。自分たちはみんな死んでしまうのかもしれない。もはや逃《のが》れることはできないだろう。

長いこと目をこらし、寒くて体が震えてきたころ、動く光は、家の窓《まど》からもれるろうそくの光だということがわかってきた。その家は猫の脚《あし》にのっていて、すさまじい勢《いきお》いで雪の上を走ってくる。

魔法使《まほうつか》いの家だ。魔法使いが悪いことをしに、こちらにむかってきているのだ。

人々はかじかんだ足を引きずるようにして、十字架《じゅうじか》やナイフや、聖者《せいじゃ》の絵や鎌《かま》を持ってくると、魔法使いから村を守ろうと立ちはだかった。

猫の脚の家は、村までやってきて立ち止まり、にゃーと鳴き声をあげて、脚を曲げると、入り口の戸を地面に近づけた。戸が開いて、老婆《ろうば》が出てきた。魔法使いのみなれない着物をきている。

魔法使いの老婆は、村人たちがこちらにむけている聖者の絵や十字架をみると、声をあげて笑った。「今夜は、おまえたちに悪いことをしにやってきたんじゃない」老婆は大声でいった。「つい一時間ほどまえに生まれた子どもたちを、もらいにやってきたんだ。その赤ん坊たちを温かくくるんで、ここに連れておいで！」老婆はそういうと、猫の脚の家の戸口の踏《ふ》み段《だん》に腰《こし》をおろし、杖《つえ》を膝《ひざ》の間に立てた。

村人たちは家にかけもどると、五つのグループになって押《お》しあいながらやってきた。どのグループも真ん中に女がいて、ショールやシャツやぼろ布《ぬの》や、とにかく手近にあった物に赤ん坊をくるんでかかえている。

最初に魔法使いのところに連れてこられたのは、白い髪の赤ん坊だった。「こんばんは、姉さん」魔法使いはそういうと、赤ん坊を受け取ってキスをした。それからそっと家の床《ゆか》に置き、次の子どもを受け取ろうと前をむいた。

老婆はふたり目の赤ん坊にもキスをしていった。「皇帝《こうてい》と結婚《けっこん》した人だね。今度はもっといい運命にめぐりあえるように！　ほかの赤ん坊をみせとくれ！」

三人目の赤ん坊が、老婆のもう一方の腕《うで》にあずけられた。彫《ほ》り物《もの》のしてある杖が、だれの手もふれていないのにまっすぐ立っている。

「そうか、そうか」老婆がいった。「これは皇帝の息子《むすこ》の乳母《うば》だ。二度と皇帝のもとで働かされることがないように、そして今度こそ自分の子どもを育てられるように！」老婆は古い歌を口ずさんで赤ん坊たちを眠《ねむ》らせた。「このふたりはもどすとしよう」老婆がいった。「恐れることはない。魔法とはなんのかかわりもない子どもだ。幸せな一生を送ることだろうよ。残りのふたりをわたしておくれ！　その子たちをさがして、旅してきたんだ」

最後のふたり、男の子と女の子を腕にかかえると、老婆はいった。「そう、この子たちだ！　こちらの子は、やがてわたしにあれこれ教えてくれるようになるだろう――そしてこちらの子は皇帝の息子で、今度はまえよりは幸せに生まれついた。このふたりと姉さんをもらって、おまえたちの知らないところにいくとしよう」

老婆は立ち上がり、ふたりの赤ん坊を抱いて家の中に入った。最初の赤ん坊は床の上で寝《ね》ている。老婆は村人たちの前で戸を閉《し》めた。家は立ち上がり、猫の脚にのって、はねるように雪の上を駆《か》けていき、やがてうっすら光る星のカーテンが閉《と》じて、みえなくなってしまった。

村人たちは何百年もの間、その夜のことを語りついだが、二度と魔法使いをみることはなかった。また普通《ふつう》の人間の短い生涯《しょうがい》に興味《きょうみ》を持たず魔法使いになることを選んだ者については、いくら物知りの猫とはいえ、語れることは何もなく、もちろん、知ることもない。魔法使いの生き方については、何も語れない――が、あの男の子も今は魔法使いで、皇子《おうじ》ではない。そして今では、サファが開けることのできない扉《とびら》はないと思う。

村に残された赤ん坊には、ファリーダとマリエンという名前がつけられた。ふたりはごく平凡《へいぼん》に育ち、愛され、ごく普通の安らぎと、ごく普通の苦しみと、とりたてていうこともない失敗や成功を経験《けいけん》し、人《ひと》並《な》みに幸せな一生を送った。考えてみれば、これこそ奇跡《きせき》というべきかもしれないが、これ以上、ふたりに関して話すことはない。

だが、クズマとマーガレッタの心は運び去られ、封印《ふういん》されたまま死の世界に運ばれた。このふたりは、ふたたび、この世にもどってきたのだろうか？

それをこれから話そう（と猫はいう）。今まで語ってきた国のある場所では、大地から錆《さ》びた岩を掘《ほ》り出《だ》し、細かく砕《くだ》き、熱して、鉄を溶《と》かしだす。

鉄は様々な道具を作るのに使われる。たとえば金槌《かなづち》。それも様々な大きさの金槌が作られる。

あるとき、鍛冶屋《かじや》が、大きな金槌をふたつ、それもごつい鉄の頭のついているやつを買い、馬車で鍛冶場に運ばせた。

鍛冶場の真ん中には、足元の地中から取った鉄でできた金床《かなとこ》があった。鍛冶屋はその金床が大好きで、机《つくえ》がわりにもしたし、椅子《いす》がわりにもした。金床のとがったところも、金床にあけてある穴《あな》も、仕事をするのにとても役に立った。この金床なしでは、鍛冶屋とはいえないくらいだ。

鍛冶屋は新しいふたつの金槌をそれぞれ、よく曲がるトネリコの木の棒《ぼう》にひとつずつすえつけた。ちょうど金床の上だ。そして油を塗《ぬ》ったロープでその棒と、シーソーのようにすえてある厚板《あついた》をつないだ。鍛冶屋がシーソーの厚板を足で踏《ふ》むと、金槌がおりてきて——金床をたたき——天井《てんじょう》のほうにあがっていく仕掛《しか》けだ。

鍛冶屋は、この新しい金槌がとても気にいった。思うように動いてくれるのだ。仕事をするときは、物を金床の上に置いて、ただ、足を厚板の上にのせさえすれば——がーん、がーん——と、金槌が金床にのせた鉄をたたいてくれる。

鍛冶屋は、ふたつの金槌が鉄をたたいて、歌いながらいっしょにおどり、真ん中ですれちがうのをみているのが大好きになり、こんなことを考えるようになった。仕事がとてもはかどるのは、この賢《かしこ》い金槌がしっかり働いて助けてくれるからだ。そして自分がふたつの金槌をあやつっていることは、忘《わす》れてしまった。

鍛冶屋は金槌を気にいったあまり、名前をつけることにした。その名前は、ふいに頭に浮《う》かんできた。なぜこんな名前をつけたのかはわからなかったが、とにかく右側の金槌は『マーガレッタ』、左側の金槌は『クズマ』という名前になった。金槌の歌にあわせて、鍛冶屋はふたつの名前を呼《よ》んだ。「そーれいけクズマ、おーりてこーい、マーガレッタ！」

金床には名前をつけなかったが、時々やさしくなでてやることはあった。金床のほうは動かないので、生きているようにはみえなかった。

毎日、マーガレッタという名の金槌とクズマという名の金槌は働いた。

何日も、何週間も、何カ月も、何年もの間、鍛冶屋の置く鉄を打って、形をつけていった。

時々、鍛冶屋の子どもたちが厚板にとびのったりおりたりして、金槌を動かし、がんがん鳴らして遊んだ。

鍛冶屋が死んだ日、ふたつの金槌は金床をたたかされた。死をいたむ鐘《かね》のかわりだった。そして次の日からふたたび、鍛冶屋の息子がふたつの金槌を使って、金をかせぐようになった。

ふたつの金槌はいつまでも、鉄をたたきながら歌い、鍛冶屋の息子からそのまた息子へとわたっていった。が、どんなものも永遠《えいえん》に続くことはない。

同じ日の同じ瞬間《しゅんかん》に、ふたつの金槌はひびがはいって、割れてしまった。

金床のほうは、いつまでもただたたかれるだけで、たたき返すことはなかったが、いつでも、生き残るのは金床のほうだ。

マーガレッタという名の金槌とクズマという名の金槌の心は自由になって、死の世界へ飛んでいった。

何年も働き続け、頭をぶつけ、金床の上で割れてしまったことで、ふたりの心は何かを学んだのだろうか、あるいはその鉄のような性格《せいかく》が変わったのだろうか？　いやいや、何も変わりはしない。

鉄はへこまされても、砕かれても、錆びついても、ねじまげられても——鉄のままだ。


これで物語は終わった(と猫はいう)。これはすべて本当の話——この自分がよく知っている。なにしろ、女帝《じょてい》の葬儀《そうぎ》にいって、ビールを飲んだのだから。そのときビールでぬれたヒゲはまだ乾《かわ》いていない。

さあ、窓を開けて、この嘘《うそ》っぽい話を外に出してやってくれ！

もしこの物語がおもしろいと思うなら、ほかの人に話してみるがいい（と猫はいう）。

もしこの物語が酸《す》っぱいと思うなら、甘《あま》くしてやるがいい。

だが気にいろうと、気にいるまいと、この物語は持っていってほしい。やがてほかの舌《した》にのって、わたしのところにもどってくるだろうから。


猫は金の鎖《くさり》の間にうずくまり、胸《むね》の下に脚をしまった。

それから頭をあげ、耳を立てて、カシの木の下で眠りこんだ。もう、歌も物語もきこえない。

日本の読者の皆《みな》さんへ

この作品『ゴーストドラム』を、出版《しゅっぱん》される少しまえに亡《な》くなった、ポーランド生まれのおじ、レオン・スタニスワフ・ヘスにささげたいと思います。おじは第二次世界大戦の終わり頃《ごろ》にイギリスにやってきて定住し、わたしの父の妹と結婚《けっこん》しました。

おじはいつも故国《ここく》をなつかしがっていましたが、亡くなる一年ほどまえ、それまで以上に、自分が子どもだった頃のポーランドのことをよく口にするようになりました。寒い冬、深い雪、木造《もくぞう》の暖《あたた》かい家。こういったおじの話に、わたしの大好きな北の民話をまぜあわせ、それにロシアやポーランドの民芸品のあざやかな色をそえてみました。このようにして、『ゴーストドラム』が生まれてきたのです。そして思い出と想像《そうぞう》の、寒く暗い冬の風景は、輝《かがや》く宝石《ほうせき》のような色合いを帯びることになりました。

これまでに書いた本のなかで、わたしは『ゴーストドラム』がいちばん好きです。おそらく、わたしが書いたもののなかで最高の本でしょう。日本の読者の方々に喜んでいただければ、なによりの幸せです。

一九九一年

スーザン・プライス

【改訂版】訳者《やくしゃ》あとがき

いままでにずいぶんファンタジーやファンタスティックな作品を訳《やく》してきたが、強烈《きょうれつ》に印象に残っているのはジョナサン・ストラウドの『バーティミアス』、ニール・ゲイマンの『アメリカン・ゴッズ』、そしてこの『ゴーストドラム』だ。

作者、スーザン・プライスはこの作品で、一九八七年のカーネギー賞を受賞している。この、雪と氷に閉ざされた世界で展開される凄絶《せいぜつ》な物語を読んだときの衝撃《しょうげき》はいまでもよく覚えている。それまで『指輪物語』『ナルニア国物語』『ゲド戦記』『ウォターシップ・ダウンのウサギたち』といった、いかにもファンタジーらしいファンタジーにどっぷりつかってきた自分にとっては、いきなり熱湯を浴びせられたような気がした。『信ぜざる者コブナント』や『最後のユニコーン』といったある意味、異《い》端《たん》的な厳《きび》しいファンタジーさえ、ぬるく感じさせる衝撃といってもいい。

この物語は、魔法《まほう》使いの老婆《ろうば》が、生まれたばかりの女の子を弟子《でし》としてもらい受けにいくところから始まる。そして奴隷《どれい》の身だった母親は、娘の将来《しょうらい》を考えて、渡すことにする。老婆は赤ん坊《ぼう》にチンギスという名をつけ、魔法を教えていく。という、いかにもファンタジーらしい設定だが、物語はいきなり闇《やみ》の世界に転がりこむ。

冷酷《れいこく》非情な皇帝《こうてい》、それに輪をかけて残酷《ざんこく》な女帝、虫けらのように殺されていく人々、生まれたときから塔《とう》の丸天井《まるてんじょう》の部屋に閉じこめられたままの皇子サファ、サファや奴隷の兵士たちを助けようとして、死の中につき進んでいく若き魔法使いチンギス、チンギスを執拗《しつよう》につけねらう老練な魔法使いクズマ、これらの登場人物がさまざまな形でからみあい、もつれあいながらつむぎあげてゆく、血と死に彩《いろど》られた、嫉妬《しっと》と復讐《ふくしゅう》と愛と生の物語。

ちなみに主人公のチンギスは物語半ばで、心臓を串刺《くしざ》しにされ、雪を真っ赤にそめる。いったい、物語はどこへいくのか。作者は思いもよらない方向へチンギスを、この物語を引きずっていく。

こんな凄絶な作品なのに、読後感はすがすがしく、ほのかに切ない。

今回、改訂《かいてい》するにあたり、かなり手を加えてみた。旧版を読んだかたもぜひ、再読してみてほしい。

さて、この作品、じつは三部作の第一部で、このあと『ゴーストソング』『ゴーストダンス』と続く。『ゴーストソング』は『ゴーストドラム』よりも昔の物語で、チンギスの宿敵クズマが重要な人物として登場する。まず冒頭《ぼうとう》、クズマが自分の弟子となるべき運命を負って生まれた男の赤ん坊の親を訪《たず》ね、子どもを渡すように勧《すす》めるが、断られてしまう。この機会を二百年も待っていたクズマは怒《おこ》って、その父親や村人たちに残虐《ざんぎゃく》な仕返しをたくらむ。まさに『ゴーストドラム』を反転させた物語だ。

読者の期待をあっさり無視《むし》し、読者の予想を見事に裏切《うらぎ》って、思いもよらない世界を築き上げるスーザン・プライスの「ゴースト」三部作、どれもが読者の想像力をとことん試すような荒々《あらあら》しいイメージが交錯《こうさく》する。死と滅亡《めつぼう》と復活の寒々しく猛々《たけだけ》しいファンタジーがここにある。

これを読んでスーザン・プライスの世界にはまったかたに勧めたいのが『エルフギフト』。『ゴーストドラム』は東欧《とうおう》・ロシアの昔話の世界を舞台《ぶたい》にしていたが、こちらの舞台は北欧神話の世界。作者は、チンギスの死の斧《おの》を、蛇紋《じゃもん》の走るオーディンの剣に持ち替えて読者に迫ってくる。
そしてさらにプライスのＳＦファンタジー、『５００年のトンネル』『５００年の恋人《こいびと》』へと進んでもらえると、とてもうれしい。

最後になりましたが、旧版で原文とのつきあわせをしてくださった斉藤倫子《さいとうのりこ》さん、新版で原文とのつきあわせをしてくださった金子真奈美《かねこまなみ》さん、編集者の伊皿子《いさらこ》りり子さんに心からの感謝を！

二〇一七年三月末日

金原瑞人《かねはらみずひと》

著者略歴

Susan Price（スーザン・プライス）

1955年、英国ウェスト・ミッドランズ生まれ。18歳で作家デビューし、1980年代に歴史ファンタジーで高く評価される。フォークロアをベースにした作風が特徴。1987年に『ゴーストドラム』（The Ghost Drum）でカーネギー賞、1999年に『500年のトンネル』（The Sterkarm Handshake）でガーディアン賞を受賞。主な作品に「ゴースト」三部作（The Ghost Drum, Ghost Song and Ghost Dance）、『エルフギフト（上・下）』（金原瑞人 訳）、『500年のトンネル（上・下）』（金原瑞人、中村浩美 共訳）、『500年の恋人』（A Sterkarm Kiss、金原瑞人、中村浩美 共訳）など。

訳者略歴

金原瑞人（かねはら・みずひと）

1954年生まれ。翻訳家、英米文学者、法政大学社会学部教授。フィクション、ノンフィクション、児童書など、多ジャンルにわたって翻訳を手がけ、特に海外のＹＡ（ヤングアダルト）作品を精力的に翻訳し日本に紹介。訳書は約500点。主な訳書に『武器よさらば』（ヘミングウェイ）、『青空のむこう』（アレックス・シアラー）、『国のない男』（カート・ヴォネガット）、『月と六ペンス』（サマセット・モーム）、『豚の死なない日』（ロバート・ニュートン・ペック）など。エッセイ集に『サリンジャーに、マティーニを教わった』『翻訳のさじかげん』『翻訳家じゃなくてカレー屋になるはずだった』など。日本の古典の翻案に『雨月物語』『仮名手本忠臣蔵』『怪談牡丹灯籠』など。

ゴーストドラム

2017年5月26日 初版発行

著　　　者　スーザン・プライス
訳　　　者　金原瑞人

発　行　者　古賀一孝
発　行　所　株式会社サウザンブックス社
〒151-0053
東京都渋谷区代々木2丁目30-4
装幀・本文DTP　ダブリューデザイン
印　刷　製　本　株式会社シナノ

ISBN 978- 4-909125-03-3　C0097

THOUSANDS OF BOOKS

言葉や文化の壁を越え、心に響く 1 冊との出会い

世界では年間およそ 100 万点もの本が出版されており
そのうち、日本語に翻訳されるものは 5 千点前後といわれています。
専門的な内容の本や、
マイナー言語で書かれた本、
新刊中心のマーケットで忘れられた古い本など、
世界には価値ある本や、面白い本があふれているにも関わらず、
既存の出版業界の仕組みだけでは
翻訳出版するのが難しいタイトルが数多くある現状です。

そんな状況を少しでも変えていきたい——。

サウザンブックスは
独自に厳選したタイトルや、
みなさまから推薦いただいたタイトルを
クラウドファンディングを活用して、翻訳出版するサービスです。
タイトルごとに購読希望者を事前に募り、
実績あるチームが本の製作を担当します。
外国語の本を日本語にするだけではなく、
日本語の本を他の言語で出版することも可能です。

ほんとうに面白い本、ほんとうに必要とされている本は
言語や文化の壁を越え、きっと人の心に響きます。
サウザンブックスは
そんな特別な1冊との出会いをつくり続けていきたいと考えています。

http://thousandsofbooks.jp/